고려대
한국어

高麗大學韓國語中心　編著

國立政治大學韓國語文學系　朴炳善、陳慶智　博士　翻譯、中文審訂

1

瑞蘭國際

고려대학교 한국어센터는 1986년 설립된 이래 한국어와 한국 문화를 재미있게 배우고 효과적으로 가르치는 방법을 연구해 왔습니다. 《고려대 한국어》와 《고려대 재미있는 한국어》는 한국어센터에서 내놓는 세 번째 교재로 그동안 쌓아 온 연구 및 교수 학습의 성과를 바탕으로 하고 있습니다.

이 책의 가장 큰 특징은 한국어를 처음 접하는 학습자도 쉽게 배워서 바로 사용할 수 있도록 구성했다는 점입니다. 한국어 환경에서 자주 쓰이는 항목을 최우선하여 선정하고 이 항목을 학습자가 교실 밖에서 사용할 수 있도록 연습 기회를 충분히 그리고 다양하게 제공하고 있습니다.

이 책을 내기까지 많은 분들의 도움을 받았습니다. 먼저 지금까지 고려대학교 한국어센터에서 한국어를 공부한 학습자들께 감사드립니다. 쉽고 재미있는 한국어 교수 학습에 대한 학습자들의 다양한 요구가 없었다면 이 책은 나오지 못했을 것입니다. 그리고 한국어 학습자들의 요구에 부응하기 위해 열정적으로 교육과 연구에 헌신하고 계신 고려대학교 한국어센터의 선생님들께도 감사드립니다.

무엇보다 한국어 학습자와 한국어 교원의 요구 그리고 한국어 교수 학습 환경을 종합적으로 고려한 최상의 한국어 교재를 위해 밤낮으로 고민하고 집필에 매진하신 고려대학교 국어국문학과 김정숙 교수님을 비롯한 저자분들께 깊은 감사를 드립니다. 이 밖에도 이 책이 보다 멋진 모습을 갖출 수 있도록 도와주신 고려대학교 출판문화원의 윤인진 원장님과 직원 여러분께도 감사드립니다. 그리고 집필진과 출판문화원의 요구를 수용하여 이 교재에 맵시를 입히고 멋을 더해 주신 랭기지플러스의 편집 및 디자인 전문가, 삽화가의 노고에도 깊은 경의를 표합니다.

부디 이 책이 쉽고 재미있게 한국어를 배우고자 하는 한국어 학습자와 효과적으로 한국어를 가르치고자 하는 한국어 교원 모두에게 도움이 되기를 바랍니다. 또한 앞으로 한국어 교육의 내용과 방향을 선도하는 역할도 아울러 할 수 있게 되기를 희망합니다.

2019년 7월
국제어학원장 박성철

이 책의 특징

고려대학교 한국어센터의 새 교재는 《고려대 한국어》와 《고려대 재미있는 한국어》 두 종으로 개발됐습니다. '형태를 고려한 과제 중심 접근 방법'에 따른 것으로 《고려대 한국어》는 언어 기능과 언어 항목이 통합된 교재이고, 《고려대 재미있는 한국어》는 말하기, 듣기, 읽기, 쓰기 활동의 기능 교재입니다.

《고려대 한국어》가 100시간 분량, 《고려대 재미있는 한국어》가 100시간 분량의 교육 내용을 담고 있습니다. 200시간의 정규 교육 과정에서는 두 권을 병행하여 사용하고, 100시간 정도의 단기 교육 과정이나 해외 대학 등의 한국어 강의에서는 《고려대 한국어》를 주 교재로 사용하면 됩니다.

《고려대 한국어》의 특징

▶ **한국어를 처음 배우는 학습자도 쉽게 배울 수 있습니다.**

- 한국어 표준 교육 과정에 맞춰 성취 수준을 낮췄습니다. 핵심 표현을 정확하고 유창하게 사용하는 것이 목표입니다.
- 제시되는 언어 표현을 통제하여 과도한 입력의 부담 없이 주제와 의사소통 기능에 충실할 수 있습니다.
- 알기 쉽게 제시하고 충분히 연습하는 단계를 마련하여 학습한 내용의 이해에 그치지 않고 바로 사용할 수 있습니다.

▶ **한국어 학습에 최적화된 교수 – 학습 과정을 구현합니다.**

- 학습자가 자주 접하는 의사소통 과제를 선정했습니다. 과제 수행에 필요한 언어 항목을 학습한 후 과제 활동을 하도록 구성했습니다.
- 언어 항목으로 어휘, 문법과 함께 담화 표현을 새로 추가했습니다. 담화 표현은 고정적이고 정형화된 의사소통 표현을 말합니다. 덩어리로 제시하여 바로 사용하게 했습니다.
- 도입 – 제시·설명 – 형태적 연습 활동 – 유의적 연습 활동의 단계로 절차화했습니다.
- 획일적이고 일관된 방식을 탈피하여 언어 항목의 중요도와 난이도에 맞춰 제시하는 절차와 분량에 차이를 두었습니다.
- 발음과 문화 항목은 특정 단원의 의사소통 과제와 긴밀하게 연결되지는 않으나 해당 등급에서 반드시 다루어야 할 항목을 선정하여 단원 후반부에 배치했습니다.

▶ **학습자의 동기를 이끄는 즐겁고 재미있는 교재입니다.**

- 한국어 학습자가 가장 많이 접하고 흥미로워하는 주제와 의사소통 기능을 다룹니다.
- 한국어 학습자의 특성과 요구를 반영하여 명확한 제시와 다양한 연습 방법을 마련했습니다.
- 한국인의 언어생활, 언어 사용 환경의 변화를 발 빠르게 반영했습니다.
- 친근하고 생동감 있는 삽화와 입체적이고 감각적인 디자인으로 학습의 재미를 더합니다.

《고려대 한국어 1》의 구성

▶ 총 10단원으로 한 단원은 8~12시간이 소요됩니다.

▶ 한 단원의 구성은 아래와 같습니다.

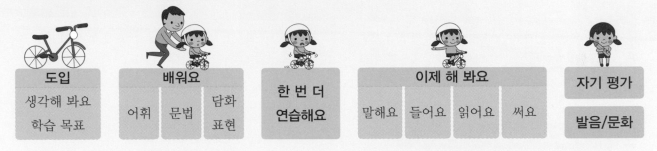

도입	배워요			한 번 더 연습해요	이제 해 봐요				자기 평가
생각해 봐요 학습 목표	어휘	문법	담화 표현		말해요	들어요	읽어요	써요	발음/문화

▶ 교재의 앞부분에는 '이 책의 특징'과 '단원 구성 표', '한글'을 배치했고, 교재의 뒷부분에는 '정답'과 '듣기 지문', '어휘 찾아보기', '문법 찾아보기'를 부록으로 넣었습니다.

- 부록의 어휘는 단원별 어휘 모음과 모든 어휘를 가나다순으로 정렬한 두 가지 방식으로 제시했습니다.
- 부록의 문법은 문법의 의미와 화용적 특징, 형태 정보를 정리했고 문법의 쓰임을 확인할 수 있는 전형적인 예문을 넣었습니다. 학습자의 모어 번역도 들어가 있습니다.

▶ 모든 듣기는 MP3 파일 형태로 내려받아 들을 수 있습니다.

《고려대 한국어 1》의 목표

일상생활에서의 간단한 의사소통을 할 수 있습니다. 인사, 일상생활, 물건 사기, 하루 일과, 음식 주문, 휴일 계획, 날씨 등에 대해 이야기할 수 있습니다. 일상생활을 표현하는 기본 어휘와 한국어의 기본 문장을 이해하고 사용할 수 있습니다.

高麗大學韓國語中心開發了《新高麗大學韓國語》與《新高麗大學有趣的韓國語》兩本全新的教材。教材編撰時考量其個別形態，並且遵循以課題為中心的方法，將教材分為整合語言機能與語言項目的《新高麗大學韓國語》，以及以聽、說、讀、寫活動機能為主的《新高麗大學有趣的韓國語》。

《新高麗大學韓國語》與《新高麗大學有趣的韓國語》各包含了100小時的學習內容。在200小時的正規教育課程中可同時使用兩本教材，但若是100小時左右的短期教育課程或海外大學的韓語課程，則可將《新高麗大學韓國語》作為主教材使用。

《新高麗大學韓國語》的特點

▶ **韓語初學者也能輕易學習。**

- 配合韓語標準教育課程降低了難度，能夠正確且流暢地運用核心表現為本書的目標。
- 控管語言表現的呈現方式，減少過度灌輸的負擔，從而將重點集中在主題與溝通的機能上。
- 以淺顯易懂的方式呈現，並透過充分的練習，讓學習者不會只停留在內容的理解上，而是能夠馬上活用。

▶ **具體呈現優化過的韓語教學與學習課程。**

- 本教材選用學習者較常接觸的溝通課題，在練習課題所需的語言項目後，即可進行課題的活動。
- 語言項目包含了語彙與文法，並新加入了談話表現。談話表現指的是固定且定型化的溝通表現。以語塊的方式呈現，讓學習者可以馬上使用。
- 分成「導入─提示·說明─形態的練習活動─功能性練習活動」等步驟依序進行。
- 擺脫千篇一律的方式，配合語言項目的重要性與難易度，在呈現的步驟與分量上做出區別。
- 發音與文化項目雖然與特定單元的溝通課題沒有緊密的關連，但選定了該等級必須學習的項目放置在單元的後半部。

▶ **能引起學習動機的有趣教材。**

- 涵蓋韓語學習者最常接觸且有趣的主題以及溝通機能。
- 回應韓語學習者的特性與需求，準備了明確的提示與多樣的練習方法。
- 迅速反應韓國人的語言生活與語言使用環境的變化。
- 運用貼切生動的插畫與富有立體感、直覺的設計讓學習增添趣味。

《新高麗大學韓國語1》的結構

▶ **總共分為10個單元，每個單元需花費8～12個小時。**

▶ **每個單元的結構如下。**

| 導入 | 請學一學 | | | 再練習一次 | 現在請試一試 | | | | 自我評價 |
| 請想想看 學習目標 | 語彙 | 文法 | 句組表現 | | 說 | 聽 | 讀 | 寫 | 發音/文化 |

▶ **在本教材的前方安排了「本書的特點」、「單元結構表」、「韓國文字」，教材後方放入了「正確答案」、「聽力腳本」、「語彙索引」、「文法索引」等附錄。**

- 附錄中的語彙以單元彙整與字母順序排列等兩種方式呈現。
- 附錄中的文法整理了文法的意義、語用的特徵以及形態上的資訊，並放入具代表性的例句來確認該文法的使用方式。另外，也添加了學習者母語的翻譯。

▶ **所有的聽力內容皆可以MP3的格式下載聆聽。**

《新高麗大學韓國語1》的目標

能夠在日常生活中進行簡單的溝通。能談論打招呼、日常生活、買東西、一天的行程、點餐、假日計畫、天氣等話題。能理解並使用表現日常生活的基本語彙與韓語中的基本句型。

이 책의 특징 本書的特點

등장인물이 나오는 장면을 보면서 단원의 주제, 의사소통 기능 등을 확인합니다.
察看登場人物出現的場景，能確認各單元的主題、溝通機能等資訊。

어휘의 도입 語彙的導入

• 목표 어휘가 사용되는 의사소통 상황입니다.
  使用目標語彙溝通時的情境。

어휘의 제시 語彙的呈現

• 어휘 목록입니다. 맥락 속에서 어휘를 배웁니다.
  語彙目錄。在上下文中學習語彙。

• 그림, 어휘 사용 예문을 보며 어휘의 의미와 쓰임을 확인합니다.
  察看圖片與使用語彙的例句，能確認語彙的意義與用法。

단원의 제목 單元的題目

생각해 봐요 請想想看
- 등장인물이 나누는 간단한 대화를 듣고 단원의 주제와 의사소통 목표를 생각해 봅니다.
  在聆聽登場人物間的簡單對話後，想一想本單元的主題與溝通的目標。

학습 목표 學習目標
- 단원을 학습한 후에 수행할 수 있는 의사소통 목표입니다.
  在學習本單元後，能夠完成的溝通目標。

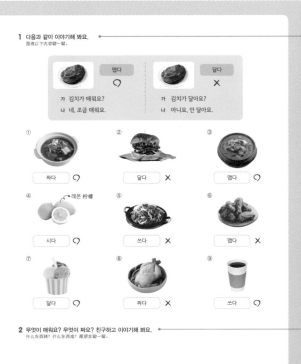

어휘의 연습 1 語彙練習 1
- 배운 어휘를 사용해 볼 수 있는 말하기 연습입니다.
  能夠運用所學語彙的口說練習。
- 연습의 방식은 그림, 사진, 문장 등으로 다양합니다.
  練習的方式有圖片、照片、句子等非常多樣。

어휘의 연습 2 語彙練習 2
- 유의미한 의사소통 상황에서 배운 어휘를 사용하는 말하기 연습입니다.
  在具有意義的溝通情境中運用所學語彙的口說練習。

문법의 도입 文法的導入

· 목표 문법이 사용되는 의사소통 상황입니다.
使用目標文法時的溝通情境。

문법의 제시 文法的呈現

· 목표 문법의 의미와 쓰임을 여러 예문을 통해 확인합니다.
透過多個例句確認目標文法的意義與用法。

· 목표 문법을 사용하기 위해 알아야 하는 기본
정보입니다.
目標文法使用時必須知道的基本資訊說明。

새 단어 新語彙

· 어휘장으로 묶이지 않은 개별 단어입니다.
沒有編入語彙表的個別語彙。

· 문맥을 통해 새 단어의 의미를 확인합니다.
透過上下文確認新語彙的意義。

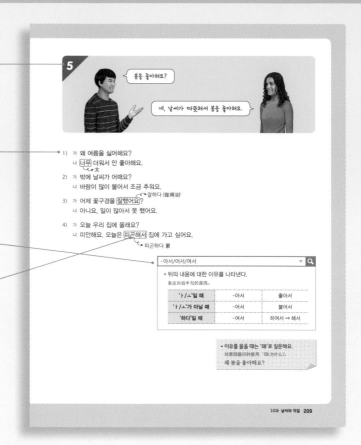

담화 표현의 제시 句組表現的呈現

· 고정적이고 정형화된 의사소통 표현입니다.
固定且定型化的溝通表現。

담화 표현 연습 句組表現練習

· 담화 표현을 덩어리째 익혀 대화하는 말하기 연습입니다.
將談話表現以語塊的方式熟記後，進行的口說對話練習。

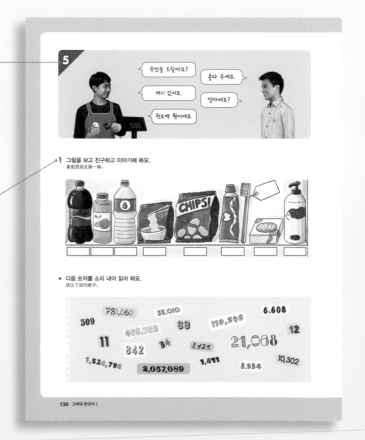

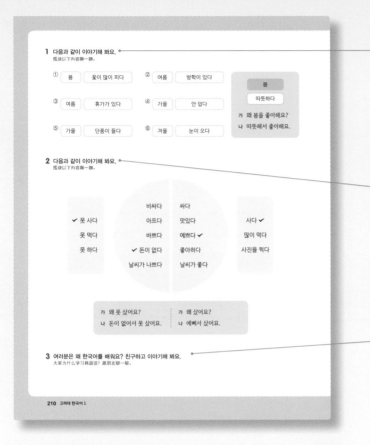

문법의 연습 1 文法練習 1

- 배운 문법을 사용해 볼 수 있는 말하기 연습입니다.
  能夠運用所學文法的口說練習。

- 연습의 방식은 그림, 사진, 문장 등으로 다양합니다.
  練習的方式有圖片、照片、句子等非常多樣。

문법의 연습 2 文法練習 2

- 문법의 중요도와 난이도에 따라 연습 활동의 수와 분량에 차이가 있습니다.
  根據文法的重要性與難易度，在練習活動的數量與分量上做出區別。

문법의 연습 3 文法練習 3

- 유의미한 의사소통 상황에서 배운 문법을 사용하는 말하기 연습입니다.
  在具有意義的溝通情境中運用所學文法的口說練習。

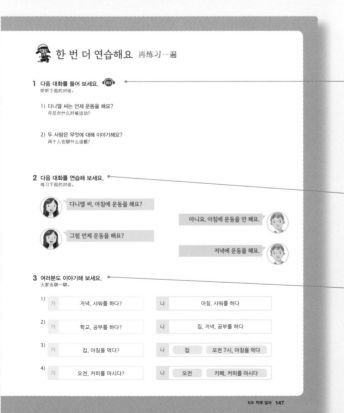

대화 듣기 聆聽對話

- 의사소통 목표가 되는 자연스럽고 유의미한 대화를 듣고 대화의 목적, 대화의 내용을 파악합니다.
  聆聽以溝通為目標的對話，在自然且有意義的對話情境下，掌握對話的目的與內容。

대화 연습 對話練習

- 대화 연습을 통해 대화의 구성 방식을 익힙니다.
  透過對話練習熟悉對話的組成方式。

대화 구성 연습 對話組成練習

- 학습자 스스로 대화를 구성하여 말해 보는 연습입니다.
  學習者自行組成對話而進行的練習。

- 어휘만 교체하는 단순 반복 연습이 되지 않도록 구성했습니다.
  在組成上避免成為只是簡單替換語彙的反覆練習。

듣기 활동 聽力活動 ◀─────

• 단원의 주제와 기능이 구현된 의사소통 듣기 활동입니다.
具體呈現單元主題與機能的溝通性聽力活動。

• 중심 내용 파악과 세부 내용 파악 등 목적에 따라 두세
번 반복하여 듣습니다.
根據掌握重點內容與細部內容等目的的不同，反覆聽
兩三次。

읽기 활동 閱讀活動 ◀─────

• 단원의 주제와 기능이 구현된 의사소통 읽기 활동입니다.
具體呈現單元主題與機能的溝通性閱讀活動。

• 중심 내용 파악과 세부 내용 파악 등 목적에 따라 두세
번 반복하여 읽습니다.
根據掌握重點內容與細部內容等目的的不同，反覆閱
讀兩三次。

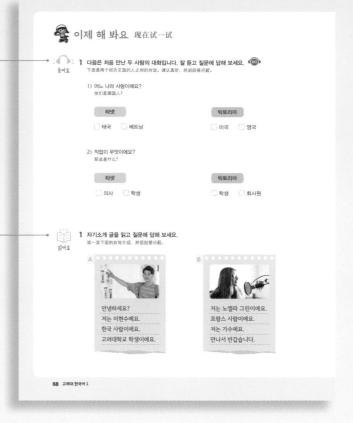

쓰기 활동 寫作活動 ◀─────

• 단원의 주제와 기능이 구현된 의사소통 쓰기 활동입니다.
具體呈現單元主題與機能的溝通性寫作活動。

• 쓰기 전에 써야 할 내용이나 방식에 대해 생각해 본 후
쓰기를 합니다.
寫作前先想一想要寫的內容或方式，再進行寫作。

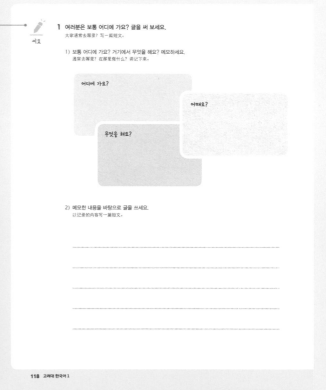

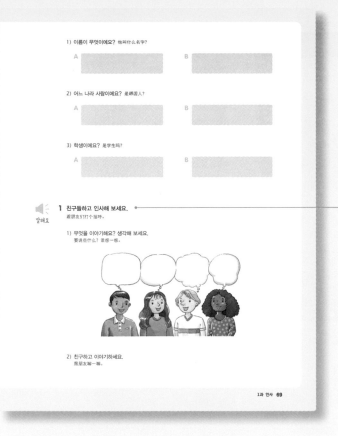

1) 이름이 무엇이에요? 他叫什么名字?

A | B

2) 어느 나라 사람이에요? 是哪国人?

A | B

3) 학생이에요? 是学生吗?

A | B

1 친구들하고 인사해 보세요.
跟朋友们打个招呼。

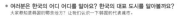

1) 무엇을 이야기해요? 생각해 보세요.
要说些什么? 请想一想。

2) 친구하고 이야기하세요.
跟朋友聊一聊。

말하기 활동 口說活動

· 단원의 주제와 기능이 구현된 의사소통 말하기 활동입니다.
具體呈現單元主題與機能的溝通性口說活動。

· 말하기 전에 말할 내용이나 방식에 대해 생각해 본 후 말하기를 합니다.
口說前先想一想要說的內容或方式,再進行口說。

문화 **한국 구경을 떠나 볼까요?** 游览韩国．我们出发吧!

· 여러분은 한국의 어디 어디를 알아요? 한국의 대표 도시를 알아볼까요?
大家都知道韩国的哪些地方? 让我们认识一下韩国的代表城市。

· 서울의 유명한 장소는 어디일까요?
首尔有名的场所都有哪些呢?

如果想欣赏韩国的传统文化，就去"景福宫(景福宫)"、"인사동(仁寺洞)"看看吧；若对时装、购物感兴趣。"명동(明洞)"和"동대문(东大门)"是首选之地；若想一览首尔的风景？绝对非南山上的"남산서울타워(首尔塔)"莫属。如果这些地方你都去过了？那就去"홍대(弘大)"、"이태원(梨泰院)"和"강남(江南)"等地转转吧。

· 여러분 나라의 유명한 곳은 어디예요? 소개해 보세요.
大家的国家最有名的地方是哪里? 请介绍一下。

발음 활동/문화 활동 發音活動/文化活動

· 초급에서 필수적으로 알아야 할 발음/문화 항목을 소개합니다. 간단한 설명 후 실제 활동을 해 봅니다.
介紹初級階段必須知道的發音/文化項目。在簡單地說明後，進行實際的活動。

· 단원마다 발음 또는 문화 항목이 제시됩니다.
每個單元都會提示發音或文化項目。

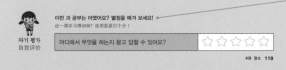

이번 과 공부는 어땠어요? 별점을 매겨 보세요!
这一课学习得如何? 请用星星打个分!

어디에서 무엇을 하는지 묻고 답할 수 있어요? ☆☆☆☆☆

자기 평가
自我评价

자기 평가 自我評價

· 단원 앞부분에 제시되었던 학습 목표 달성 여부를 학습자 스스로 점검합니다.
由學習者自我檢驗是否達成在單元前面提示的學習目標。

단원 구성 표

단원	단원 제목	학습 목표	의사소통 활동
1과	인사	처음 만난 사람과 인사를 할 수 있다.	• 인사하는 대화 듣기 • 자기소개 글 읽기 • 인사하기 • 자기소개 글 쓰기
2과	일상생활 I	무엇을 하는지 묻고 답할 수 있다.	• 일상생활을 묻는 대화 듣기 • 일상생활 묻고 답하기 • 일상생활에 대한 글 읽기 • 일상생활에 대한 글 쓰기
3과	일상생활 II	무엇이 어떤지 묻고 답할 수 있다.	• 일상생활을 묻는 대화 듣기 • 일상생활 묻고 답하기 • 일기 읽기 • 일기 쓰기
4과	장소	어디에서 무엇을 하는지 묻고 답할 수 있다.	• 장소에서 하는 일에 대한 대화 듣기 • 장소에 대한 글 읽기 • 장소에서 하는 일 묻고 답하기 • 장소에서 하는 일 쓰기
5과	물건 사기	물건을 살 수 있다.	• 물건을 사는 대화 듣기 • 영수증 읽기 • 물건 사는 대화하기 • 물건을 산 경험 쓰기
6과	하루 일과	하루 일과를 묻고 답할 수 있다.	• 하루 일과에 대한 대화 듣기 • 하루 일과 메모 읽기 • 하루 일과 묻고 답하기 • 하루 일과 글 쓰기
7과	한국 생활	한국 생활에 대해 묻고 답할 수 있다.	• 한국 생활에 대한 대화 듣기 • 한국 생활에 대한 글 읽기 • 한국 생활에 대해 묻고 답하기 • 한국 생활에 대한 글 쓰기
8과	음식	음식에 대해 묻고 답할 수 있다.	• 음식 주문하는 대화 듣기 • 음식 주문하기 • 음식에 대한 글 읽기 • 음식에 대한 글 쓰기
9과	휴일	휴일 활동에 대해 묻고 답할 수 있다.	• 휴일 활동에 대한 대화 듣기 • 휴일 활동에 대해 묻고 답하기 • 방학 계획에 대한 글 읽기 • 방학 계획에 대한 글 쓰기
10과	날씨와 계절	날씨와 계절에 대해 묻고 답할 수 있다.	• 좋아하는 계절에 대한 대화 듣기 • 좋아하는 계절에 대해 묻고 답하기 • 좋아하는 계절에 대한 글 읽기 • 좋아하는 계절에 대한 글 쓰기

어휘 · 문법 · 담화 표현			발음 / 문화
• 나라 • 직업	• 저는 [명사]이에요/예요	• 이름 말하기 • 나라 말하기 • '네, 아니요'로 답하기	어서 오세요! 한국
• 동작 • 물건	• 을/를 • –아요/어요/여요 • 하고 1		연음 1
• 상태 • 학교	• 이/가 • 한국어의 문장 구조		연음 2
• 장소	• 에 가다 • 에서 • 지시 표현[이, 그, 저]		한국 구경을 떠나 볼까요?
• 가게 물건 • 고유어 수 • 한자어 수	• 이/가 있다/없다 • 하고 2	• 물건 사기	한국의 돈
• 시 · 분 • 시간 • 하루 일과	• 에 • 안		소리 내어 읽기 1
• 시간 • 기간	• –았어요/었어요/였어요 • –고 • 한테		한국 생활, 대박!
• 음식 • 맛	• –(으)ㄹ래요 • –(으)세요 • 도	• 음식 주문하기	한국인이 좋아하는 한국 음식
• 쉬는 날 • 휴일 활동	• –(으)ㄹ 것이다 • –고 싶다 • 부터, 까지		소리 내어 읽기 2
• 계절 • 날씨 • 계절의 특징 · 활동	• 못 • –아서/어서/여서		한국의 사계절과 날씨

單元結構表

單元	單元名	學習目標	溝通活動
第一課	打招呼	能跟初次見面的人打招呼。	• 聆聽打招呼的對話 • 閱讀自我介紹的文章 • 打招呼 • 書寫自我介紹的文章
第二課	日常生活 I	能提問與回答在做什麼。	• 聆聽詢問日常生活的對話 • 針對日常生活進行問答 • 閱讀關於日常生活的文章 • 書寫關於日常生活的文章
第三課	日常生活 II	能提問與回答某事物的狀態如何。	• 聆聽詢問日常生活的對話 • 針對日常生活進行問答 • 閱讀日記 • 書寫日記
第四課	場所	能提問與回答在何處做何事。	• 聆聽關於在某場所做某事的對話 • 閱讀關於某場所的文章 • 針對在某場所做的事進行問答 • 書寫在某場所做的事
第五課	買東西	能購買東西。	• 聆聽買東西的對話 • 看收據 • 練習買東西的對話 • 書寫一篇買東西的經驗
第六課	一天的作息	能提問與回答一天的作息。	• 聆聽關於一天作息的對話 • 閱讀關於一天作息的便條 • 針對一天的作息進行問答 • 書寫關於一天作息的文章
第七課	韓國生活	能針對韓國的生活進行提問與回答。	• 聆聽關於韓國生活的對話 • 閱讀關於韓國生活的文章 • 針對韓國生活進行問答 • 書寫關於韓國生活的文章
第八課	食物	能針對食物進行提問與回答。	• 聆聽點菜的對話 • 練習點菜 • 閱讀關於食物的文章 • 書寫關於食物的文章
第九課	假日	能針對假日活動進行提問與回答。	• 聆聽關於假日活動的對話 • 針對假日活動進行問答 • 閱讀關於寒暑假計畫的文章 • 書寫關於寒暑假計畫的文章
第十課	天氣與季節	能針對天氣與季節進行提問與回答。	• 聆聽關於喜歡的季節的對話 • 針對喜歡的季節進行問答 • 閱讀關於喜歡的季節的文章 • 書寫關於喜歡的季節的文章

	語彙・文法・談話表現		發音 / 文化
• 國家 • 職業	• 저는 [名詞]이에요/예요	• 介紹名字 • 介紹國籍 • 用 '是，不是' 做回答	歡迎來到韓國！
• 動作 • 物品	• 을/를 • −아요/어요/여요 • 하고 1		連音 1
• 狀態 • 學校	• 이/가 • 韓語的句子結構		連音 2
• 場所	• 에 가다 • 에서 • 指示表現[이, 그, 저]		要不要一起去遊覽一下韓國呢？
• 商店物品 • 固有語數詞 • 漢字語數詞	• 이/가 있다/없다 • 하고 2	• 賣東西	韓國的貨幣
• 時、分 • 時間 • 一天的作息	• 에 • 안		朗讀 1
• 時間 • 期間	• −았어요/었어요/였어요 • −고 • 한테		韓國生活，超讚！
• 食物 • 味道	• −(으)ㄹ래요 • −(으)세요 • 도	• 點餐	韓國人喜歡的韓國食物
• 休息日 • 假日活動	• −(으)ㄹ 것이다 • −고 싶다 • 부터, 까지		朗讀 2
• 季節 • 天氣 • 季節的特徵與活動	• 못 • −아서/어서/여서		韓國的四季與天氣

차례 目錄

왕웨이

나라	대만/타이완
나이	19세
직업	학생
	(고려대학교 한국어센터)
취미	피아노

카밀라 멘데즈

나라	칠레
나이	23세
직업	학생
	(고려대학교 한국어센터)
취미	SNS

무함마드 알 감디

나라	이집트
나이	32세
직업	요리사/학생
취미	태권도

김지아

나라	한국
나이	22세
직업	학생
	(고려대학교 경제학과)
취미	영화

미아 왓슨

나라	영국
나이	21세
직업	학생
	(고려대학교 교환 학생)
취미	노래(K-POP)

응우옌 티 두엔

나라 베트남
나이 19세
직업 학생
(고려대학교 한국어센터)
취미 드라마

다니엘 클라인

나라 독일
나이 29세
직업 회사원/학생
취미 여행

모리야마 나쓰미

나라 일본
나이 35세
직업 학생/약사
취미 그림

서하준

나라 한국
나이 22세
직업 학생
(고려대학교 국어국문학과)
취미 농구

정세진

나라 한국
나이 33세
직업 한국어 선생님
취미 요가

0

한글

韓國文字

한글을 배워요 學習韓國文字

한글의 창제 韓國文字的創制

한글은 세종대왕이 만든 한국의 고유 글자입니다. 세종대왕은 백성들의 문자 생활의 어려움을 해소하기 위해 1443년 문자를 만들었습니다. 이 문자의 이름은 훈민정음(訓民正音, 백성들을 가르치는 바른 소리)이고 같은 이름의 해설서인 《훈민정음》을 통해 창제의 취지, 자음자와 모음자의 음가와 운용 방법을 밝혔습니다. 한글은 글자의 이름인 훈민정음을 달리 이르는 명칭으로 20세기 이후에 널리 사용되었습니다.

韓國文字是世宗大王創造的韓國固有文字。世宗大王為了減輕百姓們在文字生活中的困難，於1443年創制了文字「訓民正音」（教導百姓正確的字音），並透過同名的解說書《訓民正音》詳解闡述了韓國文字創制的宗旨，子音與母音的音值及其運用方法。文字名稱「訓民正音」的另一種名稱是「한글」（韓國文字），在20世紀以後得到了廣泛的使用。

한글은 자음과 모음으로 이루어진 음소 문자로, 상형의 원리에 의해 기본자인 모음 세 자와 자음 다섯 자를 만들고, 가획과 합용의 방법으로 다른 모음자와 자음자를 만들었습니다.

韓國文字是由子音和母音所構成的音素文字，是根據象形原理，創造了最基本的三個母音字和五個子音字後，再透過增加筆畫與合寫的方式創造出其他的母音字與子音字而成的。

모음의 기본자는 '•, ㅡ, ㅣ'인데, 하늘의 동그란 모양, 땅의 평평한 모양, 사람이 서 있는 모양을 본떠 만들었습니다. 이 기본자를 서로 결합하여 다른 모음자를 만들었습니다.

母音的基本字為「•、ㅡ、ㅣ」，仿效天空圓形的模樣、地面平坦的模樣和人直立的模樣創造而成，再將這些基本字相互結合創造出其他母音字。

자음의 기본자는 'ㄱ, ㄴ, ㅁ, ㅅ, ㅇ'입니다. ㄱ은 혀뿌리가 목구멍을 닫는 모양, ㄴ은 혀가 윗잇몸에 붙는 모양, ㅁ은 입의 모양, ㅅ은 이의 모양, ㅇ은 목구멍의 모양을 본떠 만들었습니다. 발음 기관이나 조음 방법을 본뜬 이 기본자에 획을 더하는 방법과 기본자를 같이 쓰는 방식으로 다른 자음자를 만들었습니다.

　　子音的基本字為「ㄱ、ㄴ、ㅁ、ㅅ、ㅇ」。「ㄱ」是模仿舌根將喉嚨閉合的模樣，「ㄴ」是模仿舌頭貼在上牙齦的模樣，「ㅁ」是模仿嘴的模樣，「ㅅ」是模仿牙齒的模樣，而「ㅇ」則是模仿喉嚨的模樣而創造出來的。在仿效發音器官與方法創造的基本字上，運用增加筆畫與基本字合寫的方法，創造出其他的子音字。

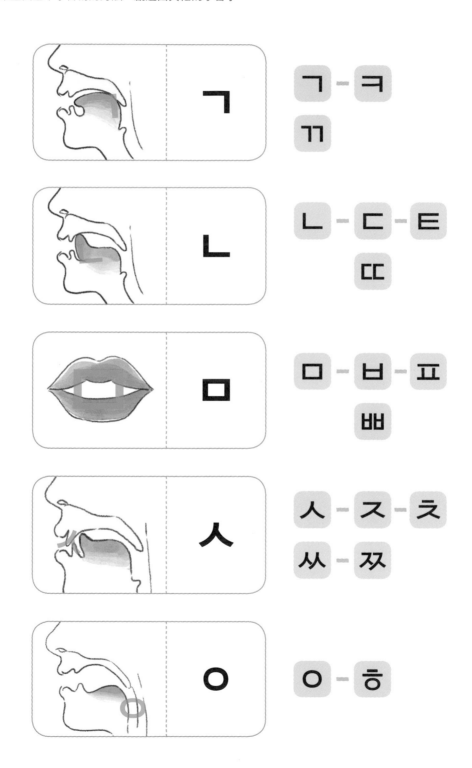

모음 1 母音 1

● 잘 들으세요. 01
請仔細聽一聽。

모음	발음	이름
ㅏ	[ɑ]	아
ㅓ	[ʌ]	어
ㅗ	[o]	오
ㅜ	[u]	우
ㅡ	[ɯ]	으
ㅣ	[i]	이

모음	발음	이름
ㅑ	[jɑ]	야
ㅕ	[jʌ]	여
ㅛ	[jo]	요
ㅠ	[ju]	유

● 듣고 따라 하세요. 02
請跟著讀一讀。

1) ㅏ　　　2) ㅑ　　　3) ㅓ　　　4) ㅕ

5) ㅗ　　　6) ㅛ　　　7) ㅜ　　　8) ㅠ

9) ㅡ　　　10) ㅣ

● 사진의 입 모양을 보면서 읽으세요.
請看著照片上的嘴型讀一讀。

1) 　ㅏ

2) 　ㅓ

3) 　ㅡ

4) 　ㅗ

5) 　ㅜ

6) 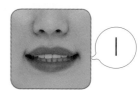　ㅣ

● 읽으세요.
請讀一讀。

1) ㅏ, ㅑ, ㅏ, ㅑ

2) ㅕ, ㅜ, ㅕ, ㅜ

3) ㅗ, ㅛ, ㅗ, ㅛ

4) ㅜ, ㅏ, ㅜ, ㅏ

5) ㅓ, ㅜ, ㅑ

6) ㅜ, ㅗ, ㅏ

7) ㅡ, ㅓ, ㅏ

8) ㅓ, ㅣ, ㅠ, ㅣ

9) ㅏ, ㅣ, ㅜ, ㅣ, ㅗ

10) ㅛ, ㅑ, ㅠ, ㅕ

● 쓰세요.
請寫一寫。

모음	발음	쓰는 순서	연습				
ㅏ	[ɑ]	ㅣ ㅏ					
ㅑ	[jɑ]	ㅣ ㅏ ㅑ					
ㅓ	[ʌ]	ㅓ					
ㅕ	[jʌ]	ㅕ					
ㅗ	[o]	ㅣ ㅗ					
ㅛ	[jo]	ㅣ ㅛ					
ㅜ	[u]	ㅜ					
ㅠ	[ju]	ㅠ					
ㅡ	[ɰ]	ㅡ					
ㅣ	[i]	ㅣ					

자음 1 子音1

● **확인하세요.**
請確認。

자음	발음	이름
ㄱ	[k]	기역
ㄷ	[t]	디귿
ㅁ	[m]	미음
ㅅ	[s]	시옷
ㅈ	[tɕ]	지읒
ㅋ	[kʰ]	키읔
ㅍ	[pʰ]	피읖

자음	발음	이름
ㄴ	[n]	니은
ㄹ	[l]	리을
ㅂ	[p]	비읍
ㅇ	[ŋ]	이응
ㅊ	[tɕʰ]	치읓
ㅌ	[tʰ]	티읕
ㅎ	[h]	히읗

※ 한국어의 자음은 단독으로 발음할 수 없습니다. 여기에서는 무표 모음인 '—'와 결합하여 자음의 소리를 제시합니다.

韓語的子音無法單獨發音，此處透過與無標母音「—」結合來呈現子音的讀音。

● 듣고 따라 하세요. 🔊03
請跟著讀一讀。

1) ㄱ   2) ㄴ   3) ㄷ   4) ㄹ   5) ㅁ

6) ㅂ   7) ㅅ   8) ㅇ   9) ㅈ   10) ㅊ

11) ㅋ   12) ㅌ   13) ㅍ   14) ㅎ

● 읽으세요.
請讀一讀。

1) ㄱ, ㅋ   2) ㄴ, ㄹ

3) ㄷ, ㅌ   4) ㅅ, ㅎ

5) ㅈ, ㅊ   6) ㅂ, ㅍ

7) ㄱ, ㄷ, ㅂ   8) ㅁ, ㅂ, ㅍ

9) ㅎ, ㅁ, ㄴ   10) ㅅ, ㅌ, ㄹ

11) ㄷ, ㄷ, ㄷ   12) ㅋ, ㅋ, ㅋ

13) ㅍ, ㅎ, ㅍ, ㅎ   14) ㅅ, ㅎ, ㄱ, ㅂ

15) ㅋ, ㅈ, ㅌ, ㅎ   16) ㄹ, ㄹ, ㄹ, ㄹ, ㄹ

● 쓰세요.
請寫一寫。

자음	발음	쓰는 순서	연습				
ㄱ	[k]	ㄱ					
ㄴ	[n]	ㄴ					
ㄷ	[t]	ㄷ					
ㄹ	[l]	ㄹ					
ㅁ	[m]	ㅣ ㄇ ㅁ					
ㅂ	[p]	ㅣ ㅣㅣ ㅐ ㅂ					
ㅅ	[s]	ㄱ 人					
ㅇ	[ŋ]	ㅇ					
ㅈ	[tɕ]	ㄱ ㅈ					
ㅊ	[tɕʰ]	ㄱ ㅊ					

자음	발음	쓰는 순서	연습				
ㅋ	[kʰ]	ㄱ ㅋ					
ㅌ	[tʰ]	ㄧ ㅌ ㅌ					
ㅍ	[pʰ]	ㄧ ㅏ ㅠ ㅍ					
ㅎ	[h]	ㄧ ㅡ ㅎ					

● 잘 듣고 맞는 것을 고르세요. 🔵04
　請仔細聽完後，選出正確的答案。

1)　① ㄱ　　　② ㄹ

2)　① ㄷ　　　② ㅂ

3)　① ㅅ　　　② ㅍ

4)　① ㄴ　　　② ㅁ

5)　① ㅋ　　　② ㅎ

6)　① ㅏ　　　② ㅓ

7)　① ㅗ　　　② ㅜ

8)　① ㅡ　　　② ㅣ

음절 1 音節 1

한국어는 음절 단위로 발음합니다. 음절의 필수 요소는 모음입니다. 모음은 단독으로 한 음절을 만들 수도 있고, 모음의 앞과 뒤에 자음을 취해 음절을 만들 수도 있습니다. 모음으로만 이루어진 음절은 모음 앞에 소리가 없는 'ㅇ'을 붙입니다.

韓語以音節為單位來發音，音節中不可缺少的要素是母音。母音可以單獨組成一個音節，也可以在母音前後加上子音組成音節。只以母音所構成的音節，在母音前會加上不發音的「ㅇ」。

$$ㅇ + ㅏ = 아 \qquad ㅇ + ㅗ = 오$$

모음은 자음의 오른쪽에 위치하는 모음과 자음의 아래쪽에 위치하는 모음이 있습니다. 'ㅏ, ㅑ, ㅓ, ㅕ, ㅣ'는 자음이 왼쪽에 모음이 오른쪽에 위치하고, 'ㅗ, ㅛ, ㅜ, ㅠ, ㅡ'는 자음이 위쪽에 모음이 아래쪽에 위치합니다.

母音可分為位於子音右側的母音和位於子音下方的母音。「ㅏ、ㅑ、ㅓ、ㅕ、ㅣ」是子音在左方，母音在右方；「ㅗ、ㅛ、ㅜ、ㅠ、ㅡ」則是子音在上方，母音在下方。

모음	자음과 모음의 결합			
ㅏ, ㅑ, ㅓ, ㅕ, ㅣ	ㄱ + ㅏ ➡	가	ㄱ + ㅓ ➡	거
ㅗ, ㅛ, ㅜ, ㅠ, ㅡ	ㄱ + ㅗ ➡	고	ㄱ + ㅜ ➡	구

● 쓰세요.
　請寫一寫。

1) ㄱ + ㅣ ➡

2) ㄴ + ㅏ ➡

3) ㄹ + ㅡ ➡

4) ㅁ + ㅗ ➡

5) ㅇ + ㅑ ➡

6) ㅈ + ㅓ ➡

7) ㅂ + ㅜ ➡

8) ㅍ + ㅗ ➡

9) ㅎ + ㅠ ➡

● 듣고 따라 하세요. 05
　請跟著讀一讀。

1) 거　　　2) 어　　　3) 도　　　4) 러　　　5) 무

6) 보　　　7) 서　　　8) 우　　　9) 지　　　10) 추

11) 크　　　12) 트　　　13) 노　　　14) 표　　　15) 혀

● 읽으세요.
　請讀一讀。

1) 아이　　　2) 우유　　　3) 오이　　　4) 이유　　　5) 아우

6) 도　　　7) 저　　　8) 가지　　　9) 미소　　　10) 우주

11) 야호　　　12) 나무　　　13) 휴지　　　14) 두루미　　　15) 고구마

16) 요구　　　17) 파도　　　18) 소나기　　　19) 다리미　　　20) 피부

● 쓰세요.
請寫一寫。

	ㅏ	ㅓ	ㅗ	ㅜ	ㅡ	ㅣ
ㅇ						
ㄱ						
ㄴ						
ㄷ						
ㄹ						
ㅁ						
ㅂ						
ㅅ						
ㅈ						
ㅊ						

	ㅑ	ㅕ	ㅛ	ㅠ
ㅇ				
ㄱ				
ㄷ				
ㅂ				
ㅅ				

● 잘 듣고 맞는 것을 고르세요. 06
　請仔細聽完後，選出正確的答案。

1)　① 가　　　② 다　　　③ 바

2)　① 무　　　② 주　　　③ 후

3)　① 저　　　② 러　　　③ 퍼

4)　① 도　　　② 무　　　③ 수

5)　① 비　　　② 피　　　③ 치

● 잘 듣고 쓰세요.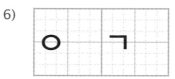
請仔細聽完後寫一寫。

1)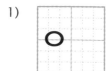

2)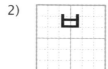

3)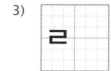

4)

5)

6)

● 잘 듣고 맞는 것을 고르세요. 08
請仔細聽完後，選出正確的答案。

1)　① 하루　　② 허나

2)　① 부디　　② 비지

3)　① 서로　　② 주모

4)　① 고려아　　② 코리아

5)　① 아유미　　② 여우미

● 읽으세요.
請讀一讀。

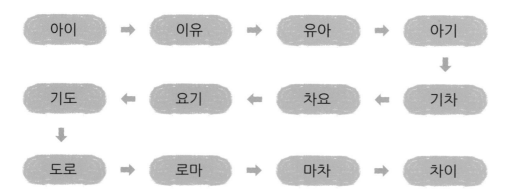

아이 → 이유 → 유아 → 아기 → 기차 → 차요 → 요기 → 기도 → 도로 → 로마 → 마차 → 차이

● **잘 듣고 순서대로 줄을 그으세요.**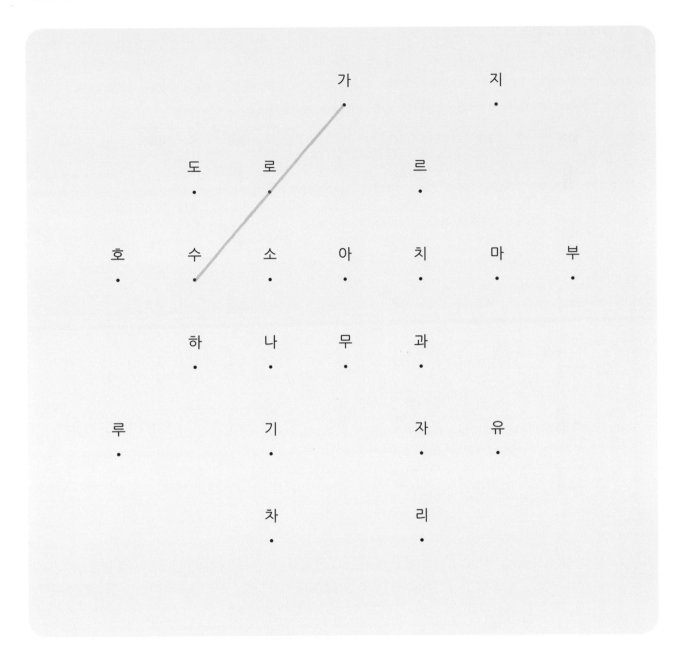
　請仔細聽完後，按照順序連線。

모음 2 母音 2

● 잘 들으세요. (10)
請仔細聽一聽。

모음	발음	이름
ㅐ	[ɛ]	애
ㅔ	[e]	에
ㅘ	[wɑ]	와
ㅚ	[Ø/wɛ]	외
ㅞ	[wɛ]	웨
ㅢ	[ɰi]	의

모음	발음	이름
ㅒ	[jɛ]	얘
ㅖ	[je]	예
ㅙ	[wɛ]	왜
ㅝ	[wʌ]	워
ㅟ	[y/wi]	위

❋ 'ㅐ'와 'ㅔ' 그리고 'ㅒ'와 'ㅖ'는 원래 다른 소리이지만 대부분의 한국 사람들은 'ㅐ'와 'ㅔ'를 같은 소리인 [ɛ]로 발음하고, 'ㅒ'와 'ㅖ'도 같은 소리인 [jɛ]로 발음합니다. 'ㅙ', 'ㅚ', 'ㅞ'도 같은 소리인 [wɛ]로 발음합니다.
「ㅐ」和「ㅔ」以及「ㅒ」和「ㅖ」原本發的是不同的音，但大部分韓國人將「ㅐ」和「ㅔ」發成同一個音[ɛ]，將「ㅒ」和「ㅖ」也發成同一個音[jɛ]。而「ㅙ」、「ㅚ」、「ㅞ」也都發成相同的音[wɛ]。

❋ 표준발음법에 따르면 'ㅚ'와 'ㅟ'는 원래 단모음이지만 대부분의 한국 사람은 이중모음으로 발음합니다.
根據標準發音法，「ㅚ」和「ㅟ」原本是單母音，但大部分韓國人都將其作為複母音來發音。

● **듣고 따라 하세요.** 🎧⑪
請跟著讀一讀。

1) ㅐ   2) ㅒ   3) ㅔ   4) ㅖ

5) ㅘ   6) ㅙ   7) ㅚ   8) ㅝ

9) ㅞ   10) ㅟ   11) ㅢ

● **읽으세요.**
請讀一讀。

1) 애   2) 에   3) 얘   4) 예

5) 왜   6) 외   7) 웨   8) 와

9) 워   10) 위   11) 의

● **읽으세요.**
請讀一讀。

1) 개   2) 쇠   3) 회   4) 뭐

5) 놔   6) 게   7) 귀   8) 봐

9) 얘기   10) 돼지   11) 위치   12) 예의

13) 궤도   14) 의자   15) 추위   16) 무늬

● 쓰세요.
請寫一寫。

모음	발음	쓰는 순서	연습				
ㅐ	[ɛ]	ㅣ ㅏ ㅐ					
ㅒ	[jɛ]	ㅣ ㅏ ㅑ ㅒ					
ㅔ	[e]	ㅡ ㅓ ㅔ					
ㅖ	[je]	ㅡ ㅡ ㅕ ㅖ					
ㅘ	[wɑ]	ㅣ ㅗ ㅚ ㅘ					
ㅙ	[wɛ]	ㅣ ㅗ ㅚ ㅘ ㅙ					
ㅚ	[ø/wɛ]	ㅣ ㅗ ㅚ					
ㅝ	[wʌ]	ㅡ ㅜ ㅜ ㅝ					
ㅞ	[wɛ]	ㅡ ㅜ ㅜ ㅝ ㅞ					
ㅟ	[y/wi]	ㅡ ㅜ ㅟ					
ㅢ	[ɰi]	ㅡ ㅢ					

● 잘 듣고 맞는 것을 고르세요.
請仔細聽完後，選出正確的答案。

1) ① 나   ② 놔

2) ① 기   ② 걔

3) ① 둬   ② 두

4) ① 의   ② 위

5) ① 돼   ② 뒤

● 읽으세요.
請讀一讀。

1) 애, 새우, 배구, 채소   2) 게, 세기, 제주도, 테이프

3) 걔, 쟤, 세계, 예의   4) 와우, 사과, 봐요, 화가

5) 왜, 돼지, 궤도, 구두쇠   6) 추워요, 쉬워요, 둬요, 쿼터

7) 위, 귀, 뒤, 쉬어요   8) 의자, 의미, 의류, 의주

자음 2 子音 2

● **확인하세요.**
請確認。

자음	발음	이름
ㄲ	[k*]	쌍기역
ㅃ	[p*]	쌍비읍
ㅉ	[tɕ*]	쌍지읒

자음	발음	이름
ㄸ	[t*]	쌍디귿
ㅆ	[s*]	쌍시옷

● **듣고 따라 하세요.** (13)
請跟著讀一讀。

1) 까   2) 띠   3) 뿌   4) 싸

5) 짜   6) 꼬   7) 뚜   8) 뻐

● **읽으세요.**
請讀一讀。

1) 아까   2) 어깨   3) 까치   4) 꼬리

5) 따요   6) 가짜   7) 아빠   8) 싸요

9) 짜요   10) 예뻐요   11) 쓰레기   12) 허리띠

13) 토끼   14) 꼬마   15) 따오기   16) 코끼리

● 쓰세요.
請寫一寫。

	ㅣ	ㅏ	ㅡ	ㅓ	ㅐ
ㄲ	끼				
ㄸ		따			
ㅃ					
ㅆ					
ㅉ					

● 잘 듣고 쓰세요. ⑭
請仔細聽完後寫一寫。

1) | | 마 |

2) 조 | |

3) 아 | |

4) | | 리 |

5) | | 레 | 기 |

6) 머 | 리 | |

음절 2 音節 2

음절의 필수 요소는 모음으로, 모음은 단독으로 한 음절을 만들 수도 있고, 모음의 앞과 뒤에 자음을 취해 음절을 만들 수도 있습니다. 모음 뒤에 오는 자음을 '받침'이라고 합니다.

母音作為音節的必須要素，可以單獨成為一個音節，也可以在母音前後加上子音組成音節。母音後面的子音稱為「收音」。

| o | + | ㅏ | + | ㄴ | = | 안 |
| ㄱ | + | ㅜ | + | ㄱ | = | 국 |

받침의 소리는 파열되지 않습니다.

收音的聲音不會爆裂。

● **읽으세요.**
請讀一讀。

1) 억, 닥, 북, 혹

2) 난, 전, 돈, 푼

3) 곧, 욷, 듣, 푿

4) 울, 굴, 불, 줄

5) 맘, 곰, 흠, 큼

6) 좁, 삽, 럽, 힙

7) 덩, 웅, 쿵, 캉

8) 딩, 동, 딩, 동

● **읽으세요.**
請讀一讀。

1) 오싹오싹, 꼬르륵꼬르륵

2) 두근두근, 소곤소곤

3) 터덜터덜, 훌쩍훌쩍

4) 성큼성큼, 야금야금

5) 어줍어줍, 후루룩 쩝쩝

6) 살랑살랑, 올망졸망

모든 자음이 '받침'으로 사용될 수 있지만 실제 발음으로 나는 소리는 7가지입니다.

所有的子音都可以作為「收音」使用，但實際上發出來的音只有7種。

받침	발음	예
ㄱ	[k]	목, 저녁
ㅋ		부엌
ㄴ	[n]	눈, 인사
ㄷ	[t]	곧, 듣다
ㅅ		옷, 빗
ㅈ		낮, 찾다
ㅊ		꽃, 빛
ㅌ		밑, 끝
ㅎ		히읗
ㄹ	[l]	말, 겨울
ㅁ	[m]	잠, 감기
ㅂ	[p]	밥, 집
ㅍ		옆, 숲
ㅇ	[ŋ]	공, 빵

● 쓰세요.
　請寫一寫。

	아	고	나	다	로	머	부
받침 ㄱ							
받침 ㄴ							
받침 ㄷ							
받침 ㄹ							
받침 ㅁ							
받침 ㅂ							
받침 ㅇ							

● 쓰세요.
　請寫一寫。

1) 책

2) 손

3) 김치

4) 공항

5) 수업

6) 선물

7) 가을

8) 음식

9) 문방구

10) 선생님

● **잘 듣고 맞는 것을 고르세요.**
請仔細聽完後，選出正確的答案。

1)　① 각　　　② 갈

2)　① 논　　　② 놉

3)　① 방　　　② 박

4)　① 입　　　② 일

5)　① 숨　　　② 술

한글을 읽어요 讀一讀韓國文字

단어 單字

자음으로 끝나는 음절 뒤에 모음으로 시작되는 음절이 오면, 앞 음절의 받침은 뒤 음절의 첫소리로 발음됩니다.
在以子音結束的音節後出現以母音開頭的音節時，前一音節的收音會成為後一音節的初聲。

음 악 ➡ [으막]   한 국 어 ➡ [한구거]

● 듣고 따라 하세요. 🎧16
　請跟著讀一讀。

1) 책	2) 안	3) 문	4) 곧
5) 길	6) 물	7) 밤	8) 선생님
9) 밥	10) 수업	11) 가방	12) 만나요
13) 얼음	14) 입어요	15) 웃어요	16) 걸어와요

● 읽으세요.
　請讀一讀。

1) 우산	2) 오전	3) 옆	4) 치약
5) 서점	6) 과일	7) 상자	8) 그릇
9) 연습	10) 음식	11) 방학	12) 병원
13) 밤낮	14) 영국	15) 달력	16) 선생님
17) 어린이	18) 하마	19) 높이	20) 닫아요

● **잘 듣고 쓰세요.** ⑰
  請仔細聽完後寫一寫。

1) 아

2) 다

3) 수

5) 바

5) 눈

6) 수

7) 기

8)

9)

10)

● **읽으세요.**
  請讀一讀。

1) 속, 저녁, 미국, 가족, 감각, 성악, 해학, 부엌, 밖, 깎다

2) 눈, 전기, 번호, 편지, 한의사, 노인, 라면, 퇴근, 레몬, 자전거

3) 곧, 걷다, 맛, 밭, 있다, 꽃가게, 비옷, 대낮, 옷깃, 햇빛, 가마솥

4) 팔, 길, 빨리, 알다, 골프, 지하철, 겨울, 수달, 요일, 미술

5) 곰, 땀, 잠, 감기, 컴퓨터, 씨름, 바람, 처음, 시험, 아침

6) 밥, 좁다, 높다, 수업, 아홉, 이집트, 무릎, 대답, 겁, 업다

● 친구가 읽는 글자의 번호를 쓰세요.
請填寫朋友讀出的文字號碼。

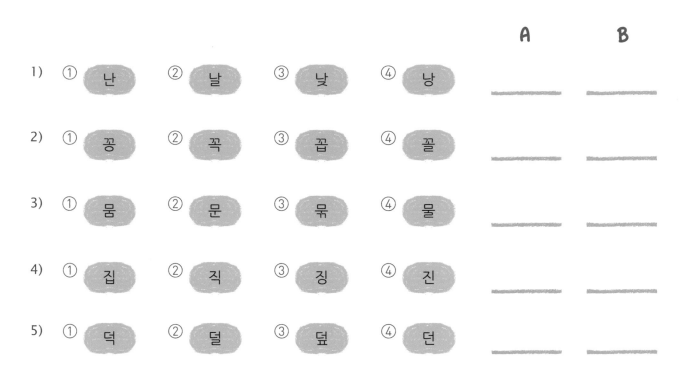

	A	B
1) ① 난　② 날　③ 낮　④ 낭	_____	_____
2) ① 꽁　② 꼭　③ 꼽　④ 꼴	_____	_____
3) ① 뭄　② 문　③ 묶　④ 물	_____	_____
4) ① 집　② 직　③ 징　④ 진	_____	_____
5) ① 덕　② 덜　③ 덮　④ 던	_____	_____

● 다음을 읽으세요. 그리고 옆의 그림에서 같은 글자를 찾아 ♡ 하세요.
請閱讀以下的內容，然後在旁邊的圖示中找出相同的字，並畫上 ♡。

약국
은행
노래방
식당
치과

ⓘ INFORMATION

6F　명문 당구장
5F　본 내과 | 서울 치과
4F　고려 한의원
3F　전주 식당
2F　내일 은행
1F　우리 약국 | 새빛 안경
B1　하하 노래방

문장 句子

● **읽으세요.**
  請讀一讀。

1) 산이에요.   2) 연필이에요.

3) 옷이 있어요.   4) 서울에 살아요.

5) 몸이 아파요.   6) 날이 추워요.

7) 기분이 좋아요.   8) 밥을 먹어요.

9) 음악을 들어요.   10) 전화를 걸어요.

11) 친구를 만나요.   12) 눈이 동그래요.

13) 우리 집 돼지는 뚱뚱해요. 14) 빨간 모자를 쓴 토끼가 뛰어가요.

15) 날씨가 쌀쌀해요.   16) 우산이 예뻐요.

17) 얼굴이 갸름해요.   18) 달걀이 맛있어요.

19) 곰이 춤을 추어요.   20) 풀밭에 꽃이 피었어요.

1

인사

打招呼

생각해 봐요 請想想看 ◖011

1 두 사람은 무엇을 해요?
兩個人在做什麼？

🚲 학습 목표 學習目標

처음 만난 사람과 인사를 할 수 있다.
能跟初次見面的人打招呼。

● 나라, 직업
● 저는 [명사]이에요/예요
● 이름 말하기, 나라 말하기, '네, 아니요'로 답하기

 배워요 請學一學

1 이름이 무엇이에요? 이야기해 봐요.
你叫什麼名字？請說說看。

가 이름이 무엇이에요?
나 저는 김지아예요. 이름이 무엇이에요?
가 저는 다니엘 클라인이에요.

다니엘 클라인

김지아

朋友
2 친구는 이름이 무엇이에요? 친구하고 이야기해 봐요.
朋友叫什麼名字？請跟朋友聊一聊。

이름 名字 ▼ 🔍

김지아

서하준

왕웨이

카밀라 멘데즈

다니엘 클라인

응우옌 티 두엔

모리야마 나쓰미

무함마드 알 감디

미아 왓슨

정세진

2

어느 나라 사람이에요?

저는 대만 사람이에요.

영국
독일
러시아
몽골
일본
프랑스
중국
미국
이집트
한국
브라질
인도
베트남
사우디아라비아
칠레
태국
호주
대만

1 어느 나라 사람이에요? 다음과 같이 이야기해 봐요.

你是哪國人？請照著下的範例說說看。

① 영국

② 대만

③ 브라질

④ 사우디아라비아

⑤ 이집트

한국

가 어느 나라 사람이에요?

나 저는 한국 사람이에요.

⑥ 베트남

⑦ 호주

⑧ 일본

⑨ 미국

⑩ 몽골

2 친구는 어느 나라 사람이에요? 친구하고 이야기해 봐요.

朋友是哪國人？請跟朋友聊一聊。

3

저는 왕웨이예요.
저는 대만 사람이에요.

1) 가 저는 제시카 밀러예요.
   저는 미국 사람이에요.

2) 가 저는 두엔이에요.
   베트남 사람이에요.

3) 가 저는 김지아예요.
   나 저는 서하준이에요.

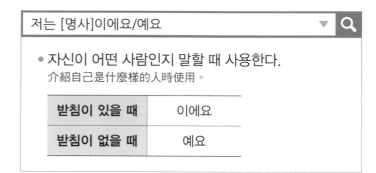

저는 [명사]이에요/예요

- 자신이 어떤 사람인지 말할 때 사용한다.
  介紹自己是什麼樣的人時使用。

받침이 있을 때	이에요
받침이 없을 때	예요

1 이름하고 나라를 이야기해 봐요.
請說說名字和國家。

①
무함마드
이집트

②
카밀라
칠레

③
나쓰미
일본

④
두엔
베트남

⑤
왕웨이
대만

⑥
김지아
한국

2 친구들한테 자신의 이름하고 나라를 이야기해 봐요.
請跟朋友說說自己的名字和國家。

4

다니엘 씨, 독일 사람이에요?

네, 독일 사람이에요.

미아 씨, 미국 사람이에요?

아니요, 영국 사람이에요.

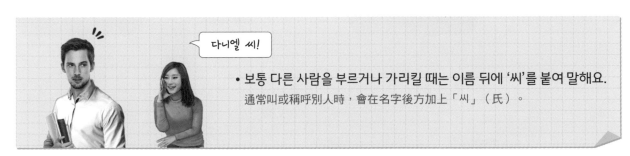

다니엘 씨!

- 보통 다른 사람을 부르거나 가리킬 때는 이름 뒤에 '씨'를 붙여 말해요.
通常叫或稱呼別人時，會在名字後方加上「씨」（氏）。

1 다음과 같이 이야기해 봐요.
請照著以下的範例說說看。

> 가 웨이 씨예요?
> 나 네, 웨이예요.
> --
> 가 일본 사람이에요?
> 나 아니요, 저는 대만 사람이에요.

웨이, 일본 사람

①

김지아, 한국 사람

②

다니엘, 미국 사람

③

나쓰미, 일본 사람

④

두엔, 태국 사람

⑤

제시카, 칠레 사람

⑥

아흐마드, 프랑스 사람

2 친구들의 이름하고 나라를 알아요? 친구하고 이야기해 봐요.
你知道朋友們的名字和國家嗎？請跟朋友聊一聊。

직업 職業

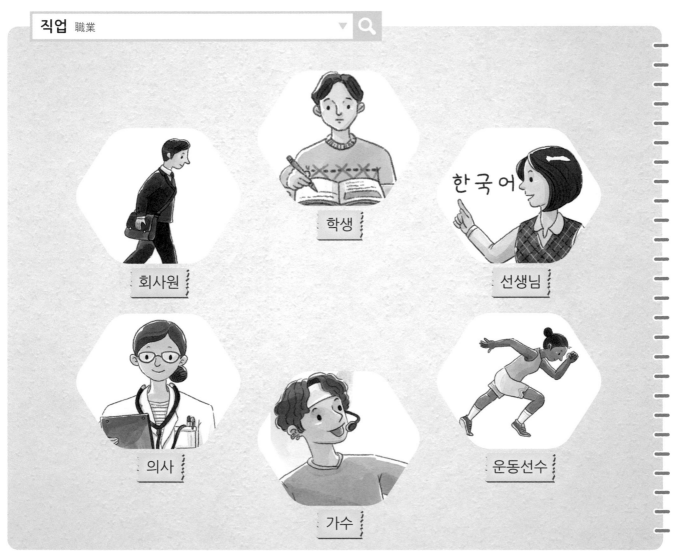

회사원

학생

선생님

의사

가수

운동선수

1 다음과 같이 이야기해 봐요.
請照著以下的範例說說看。

> 가 학생이에요?
>
> 나 네, 학생이에요.

> 가 선생님이에요?
>
> 나 아니요, 운동선수예요.

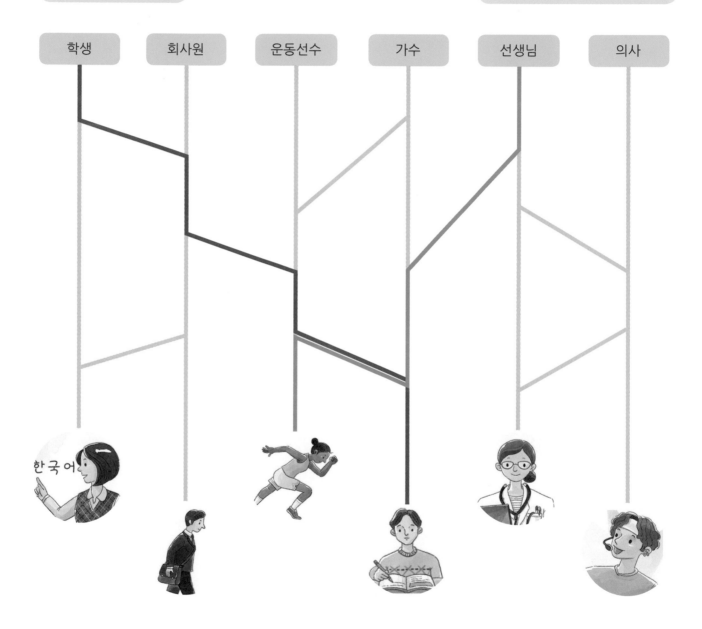

2 다음과 같이 이야기해 봐요.

請照著以下的範例說說看。

①

가 직업이 무엇이에요?

나 저는 의사예요.

②

③

④

⑤

• 직업을 물어볼 때는 이렇게 말해요.

詢問職業時可以這樣說。

'직업이 무엇이에요?'

3 친구의 직업을 알아요? 친구하고 이야기해 봐요.

你知道朋友的職業嗎？請跟朋友聊一聊。

한 번 더 연습해요 請再練習一次

1 다음 대화를 들어 보세요.
請聽聽以下的對話。

1) 두 사람의 이름이 무엇이에요?
兩個人的名字叫什麼？

2) 남자는 어느 나라 사람이에요?
男子是哪國人？

3) 두 사람은 지금 무엇을 해요?
兩個人現在在做什麼？

2 다음 대화를 연습해 보세요.
請練習以下的對話。

 안녕하세요? 저는 김지아예요.

안녕하세요? 저는 다니엘이에요.

 어느 나라 사람이에요?

저는 독일 사람이에요.
지아 씨, 학생이에요?

 네, 학생이에요.

3 여러분도 이야기해 보세요.
大家也請聊一聊。

1) 가

나

최슬기
한국

아흐마드
사우디아라비아

2) 가

나

류헤이
회사원

제시카
선생님

3) 가

나

나탈리
브라질
의사

이종국
한국
운동선수

이제 해 봐요 現在請試一試

 들어요

1 다음은 처음 만난 두 사람의 대화입니다. 잘 듣고 질문에 답해 보세요.
以下是兩人初次見面時的對話。請仔細聽完後，回答問題。

1) 어느 나라 사람이에요?
他們是哪國人？

타넷
☐ 태국　☐ 베트남

빅토리아
☐ 미국　☐ 영국

2) 직업이 무엇이에요?
職業是什麼？

타넷
☐ 의사　☐ 학생

빅토리아
☐ 학생　☐ 회사원

 읽어요

1 자기소개 글을 읽고 질문에 답해 보세요.
請讀完以下自我介紹的文章後，回答問題。

A

안녕하세요?
저는 이현수예요.
한국 사람이에요.
고려대학교 학생이에요.

B

저는 노엘라 그린이에요.
프랑스 사람이에요.
저는 가수예요.
만나서 반갑습니다.

1) 이름이 무엇이에요? 名字叫什麼？

A

B

2) 어느 나라 사람이에요? 是哪國人？

A

B

3) 학생이에요? 是學生嗎？

A

B

1 친구들하고 인사해 보세요.
請試著跟朋友們打招呼。

1) 무엇을 이야기해요? 생각해 보세요.
要說些什麼？請想一想。

2) 친구하고 이야기하세요.
請跟朋友聊一聊。

써요

1 자기소개 글을 써 보세요.
請試著寫一篇自我介紹的文章。

1) 무엇을 써요? 메모하세요.
要寫些什麼？請記下來。

2) 메모한 내용을 문장으로 쓰세요.
請把記下來的內容寫成句子。

이름	저는 마이클이에요.
나라	저는 미국 사람이에요.
직업	

3) 위의 내용을 바탕으로 글을 쓰세요.
請以上方的內容為基礎，寫一篇文章。

문화 어서 오세요! 한국 歡迎來到韓國！

● 여러분은 한국을 알아요? 한국에 가 봤어요? 한국은 어디에 있을까요?
  大家知道韓國嗎？去過韓國嗎？韓國在哪裡呢？

아시아

한국

 韓國（Korea）的另一個名字叫做大韓民國（Republic of Korea），通常在其他國家也被叫做南韓（South Korea）。韓國位於亞洲大陸東北部的朝鮮半島中南部。韓國的西邊是中國，東邊是日本，韓國的首都是首爾。

● 한국 사람은 무슨 말을 해요?
  韓國人說什麼話？

 韓國的通用語言是韓語，韓國人使用一種叫做Hangeul的韓國文字。

● 여러분 나라에서는 어떤 말을 해요? 그리고 어떤 글자를 사용해요?
  大家的國家使用怎樣的語言？又使用怎樣的文字呢？

자기 평가
自我評價

이번 과 공부는 어땠어요? 별점을 매겨 보세요!
這一課學習得如何？請用星星打分數！

| 처음 만난 사람과 인사를 할 수 있어요? |  |

2

일상생활 I

日常生活 I

💡 **생각해 봐요** 請想想看

1 웨이 씨는 무엇을 해요?
王偉在做什麼？

2 여러분은 무엇을 해요?
大家在做什麼？

🚲 **학습 목표** 學習目標

무엇을 하는지 묻고 답할 수 있다.
能提問與回答在做什麼。

● 동작, 물건
● 을/를, -아요/어요/여요

1 다음과 같이 이야기해 봐요.
請照著以下的範例說說看。

2 무엇을 해요? 친구하고 이야기해 봐요.
在做什麼？請跟朋友聊一聊。

물건 物品

책
공책
볼펜
가방
옷
텔레비전
물
우유
커피
과자
휴대폰
핸드폰
빵
우산

• 텔레비전은 일상 대화에서 티브이(TV)로도 많이 말해요.
在日常對話中也常將「텔레비전」說成「티브이」（TV）。

1 다음과 같이 이야기해 봐요.
請照著以下的範例說說看。

① ② ③

④

가 무엇이에요?
나 물이에요.

⑤

⑥ ⑦ ⑧

2 친구하고 물건 이름을 묻고 대답해 봐요.
請跟朋友對物品的名稱進行提問與回答。

3

무엇을 먹어요?

과자를 먹어요.

1) 가 무엇을 사요?
   나 우유를 사요.

2) 가 무엇을 해요?
   나 영화를 봐요.   電影

3) 가 책을 읽어요?
   나 아니요, 음악을 들어요.
                    音樂

4) 가 무엇을 해요?
   나 공부를 해요.

• '공부해요'는 '공부를 해요'로도 말할 수 있어요.
「공부해요」也可以說成「공부를 해요」。

을/를		▼ Q

• 문장의 목적어임을 나타낸다.
表現句子中的目的語。

받침이 있을 때	을	물을
받침이 없을 때	를	우유를

1 무엇을 사요? 이야기해 봐요.
要買什麼？請說說看。

① ② ③ ④

⑤ ⑥ ⑦ ⑧

2 다음과 같이 이야기해 봐요.
請照著以下的範例說說看。

가 무엇을 해요?

나 우유를 사요.

4

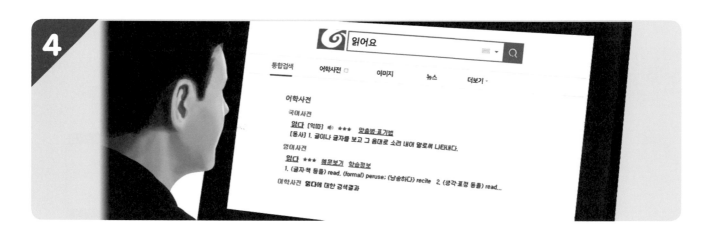

1) 가 과자를 먹어요?

　나 아니요, 빵을 먹어요.

2) 가 오늘 (今天) 무엇을 해요?

　나 친구를 만나요.

3) 가 음악을 들어요?

　나 아니요, 책을 읽어요.

| -아요/어요/여요 | ▼ | 🔍 |

- 한국어의 동사와 형용사는 기본형의 어간에 활용형 어미를 붙여 사용한다.
  韓語中的動詞和形容詞是在基本形語幹上添加活用形語尾來使用的。
  읽다 → 읽어요

- '-아요/어요/여요'는 문장을 끝맺는 기능을 한다. 일상적이고 비격식적인 상황에서 사용한다.
  「-아요/어요/여요」發揮終結句子的作用。用於日常非正式的場合。

'ㅏ/ㅗ'일 때	-아요	살아요 놀아요
'ㅏ/ㅗ'가 아닐 때	-어요	먹어요 읽어요
'하다'일 때	-여요	하여요 ➡ 해요

1 다음을 연결해 봐요.
請將以下的內容連接起來。

dictionary

놀다 [놀다]   •   • 봐요

먹다 [먹따]   •   • 먹어요

보다 [보다]   •   • 만나요

만나다 [만나다]   •   • 놀아요

2 다음과 같이 이야기해 봐요.
請照著以下的範例說說看。

놀다	먹다	말하다
가 놀아요? 나 네, 놀아요.	가 먹어요? 나 네, 먹어요.	가 말해요? 나 네, 말해요.

① 살다 ↗生活   ① 읽다   ① 공부하다

② 가다   ② 쉬다   ② 운동하다

③ 보다   ③ 듣다   ③ 전화하다

④ 오다   ④ 마시다   ④ 일하다

3 다음과 같이 이야기해 봐요.
請照著以下的範例說說看。

텔레비전을 보다

가 텔레비전을 봐요?

나 네, 텔레비전을 봐요.

음악을 듣다

가 음악을 들어요?

나 아니요, 텔레비전을 봐요.

① 책을 읽다

② 우유를 마시다

③ 음악을 듣다

④ 옷을 사다

⑤ 빵을 먹다

⑥ 운동을 하다

⑦ 친구하고 놀다

- '하고'는 함께 함을 나타내요.
  「하고」表現「與…一起」。
  친구하고 이야기해요.

4 여러분은 오늘 무엇을 해요? 친구하고 이야기해 봐요.
大家今天做什麼？請跟朋友聊一聊。

한 번 더 연습해요 請再練習一次

1 다음 대화를 들어 보세요.
請聽聽以下的對話。

1) 지아 씨는 오늘 무엇을 해요?
   智雅今天做什麼？

2) 웨이 씨는 운동을 해요?
   王偉在運動嗎？

2 다음 대화를 연습해 보세요.
請練習以下的對話。

 지아 씨, 오늘 무엇을 해요?

친구를 만나요.
웨이 씨는 무엇을 해요?

 저는 운동을 해요.

3 여러분도 이야기해 보세요.
大家也請聊一聊。

1)
| 가 | 한국어, 공부하다 | 나 | 친구, 만나다 |

2)
| 가 | 옷, 사다 | 나 | 쉬다 |

3)
| 가 | 친구하고 놀다 | 나 | 일하다 |

이제 해 봐요 現在請試一試

 들어요

1 다음은 두 사람의 대화입니다. 잘 듣고 질문에 답해 보세요.

下面是兩人的對話。請仔細聽完後，回答問題。

1) 카밀라 씨는 무엇을 해요?

卡米拉在做什麼？

①  ②  ③  ④

2) 다니엘 씨는 무엇을 마셔요?

丹尼爾在喝什麼？

① ② ③

 말해요

1 여러분은 오늘 무엇을 해요? 친구하고 이야기해 보세요.

大家今天要做什麼？請跟朋友聊一聊。

1) 무엇을 해요? 생각해 보세요.

要做什麼？請想一想。

2) 친구하고 이야기하세요.
請跟朋友聊一聊。

읽어요

1 다음은 미아 왓슨 씨의 글입니다. 잘 읽고 질문에 답해 보세요.
以下是米婭沃森的短文。請仔細閱讀後，回答問題。

저는 미아 왓슨이에요. 학생이에요. 저는 오늘 친구를 만나요. 친구하고 공부를 해요.

커피를 마셔요.

1) 미아 씨는 무엇을 해요? 모두 고르세요.
米婭在做什麼？請全部選出來。

① 　② 　③

④ 　⑤ 　⑥

2) 미아 씨의 직업이 무엇이에요?
米婭的職業是什麼？

① 　② 　③ 　④

써요

1 오늘 무엇을 해요? 써 보세요.

今天要做什麼？請寫出來。

1) 무엇을 해요? 메모하세요.

要做什麼？請記下來。

2) 메모한 내용을 바탕으로 글을 쓰세요.

請以記下的內容為基礎寫一篇文章。

발음 **연음 1** 連音 1

- 밑줄 친 부분의 발음에 주의하면서 다음을 들어 보세요.
  請注意畫底線部分的發音，聽聽以下的內容。

1)
> 가 <u>직업이</u> <u>무엇이에요</u>?
>
> 나 저는 <u>회사원이에요</u>.

2)
> 가 <u>무엇을</u> 해요?
>
> 나 <u>음악을</u> <u>들어요</u>.

 收音後面若出現以母音開始的音節，則收音將變成後面音節的初始發音。

- 다음을 읽어 보세요.
  請讀讀以下的內容。

> 1) 독일 사람이에요.
>
> 2) 선생님이 가요.
>
> 3) 빵을 먹어요.
>
> 4) 공책을 줘요.
>
> 5) 이름이 무엇이에요?
>
> 6) 저는 이종국이에요.

- 들으면서 확인해 보세요.
  請一邊聽，一邊進行確認。

 이번 과 공부는 어땠어요? 별점을 매겨 보세요!
這一課學習得如何？請用星星打分數！

자기 평가
自我評價

| 무엇을 하는지 묻고 답할 수 있어요? | ☆ ☆ ☆ ☆ ☆ |

3
일상생활 II
日常生活 II

031

생각해 봐요 請想想看

1 두엔 씨는 한국어 공부가 어때요?
杜安覺得韓語的學習如何？

2 여러분은 한국어 공부가 어때요?
大家覺得韓語的學習如何？

학습 목표 學習目標

무엇이 어떤지 묻고 답할 수 있다.
能提問與回答某事物的狀態如何。

● 상태, 학교

● 이/가, 한국어의 문장 구조

배워요 請學一學

상태 狀態

재미있다　　재미없다

맛있다　　맛없다

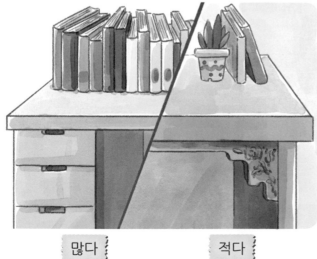

많다　　적다

크다　　작다

좋다 나쁘다 싸다 비싸다

쉽다 어렵다 예쁘다 멋있다

아프다

바쁘다 있다 없다

- '어때요?'로 물으면 '있어요', '없어요'로는 대답할 수 없어요.

  用「어때요」（怎麼樣？）提問時，不能用「있어요」（有）、「없어요」（沒有）來回答。

1 다음과 같이 이야기해 봐요.
請照著以下的範例說說看。

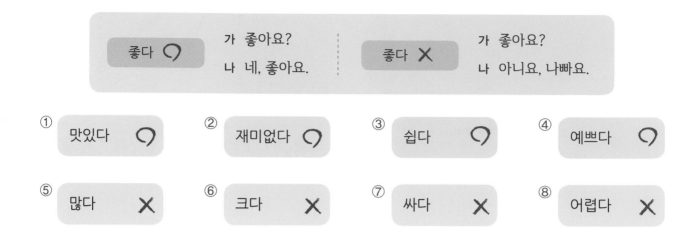

① 맛있다 ◐ ② 재미없다 ◐ ③ 쉽다 ◐ ④ 예쁘다 ◐

⑤ 많다 ✕ ⑥ 크다 ✕ ⑦ 싸다 ✕ ⑧ 어렵다 ✕

2 어때요? 친구하고 이야기해 봐요.
如何？請跟朋友聊一聊。

① 한국어 공부 ② 선생님 ③ 학교 ④

1) 가 한국어 책이 많아요?

　　나 네, 한국어 책이 많아요.

2) 가 학교가 어때요?

　　나 학교가 정말 커요.
　　　　　↳ 真的

3) 가 오늘 지아 씨가 와요?

나 아니요, 하준 씨가 와요.

4) 가 무엇이 맛있어요?

나 과자가 맛있어요.

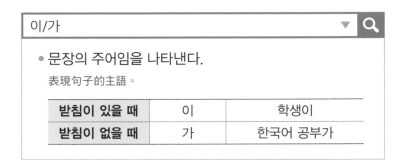

이/가 🔍
● 문장의 주어임을 나타낸다.
表現句子的主語。

받침이 있을 때	이	학생이
받침이 없을 때	가	한국어 공부가

1 다음과 같이 이야기해 봐요.

請照著以下的範例說說看。

① 작다

② 맛없다

③ 크다

④ 멋있다

⑤ 아프다

⑥ 예쁘다

비싸다

가 휴대폰이 어때요?

나 휴대폰이 비싸요.

2 여러분의 휴대폰, 가방, 한국어 책이 어때요? 친구하고 이야기해 봐요.

大家的手機、包包和韓語書如何？請跟朋友聊一聊。

학교 學校

교실 　 사무실 　 화장실

1 무엇이 어때요? 다음과 같이 이야기해 봐요.
什麼東西如何？請照著以下的範例說說看。

① ② ③ ④ ⑤

가 시계가 어때요?
나 시계가 커요.
- -
가 시계가 어때요?
나 시계가 비싸요.

크다 　 나쁘다 　 예쁘다 　 재미없다 　 비싸다 　 많다

→我們
2 우리 교실이 어때요? 무엇이 많아요? 무엇이 좋아요?
我們的教室如何？什麼東西很多？什麼東西很好？

3 여러분은 무엇이 많아요? 무엇이 적어요? 친구하고 이야기해 봐요.
大家什麼東西很多？什麼東西很少？請跟朋友聊一聊。

---

4 한국어의 문장 구조 韓語的句子結構 ▼ 🔍

- 한국어는 명사 뒤에 붙는 '이/가', '을/를'과 같은 조사와 동사, 형용사 뒤에 붙는 '-아요/어요/여요'와 같은 어미가 문장을 형성하는 기능을 한다.
  在韓語中，會在名詞後加上「이/가」或「을/를」等助詞，在動詞或形容詞後加上「아요/어요/여요」等語尾，發揮形成句子機能。

- 한국어의 문장은 주어가 문장의 앞에, 서술어가 문장의 끝에 오는 주어 – 목적어 – 서술어의 순서로 구성된다.
  韓語的句子是主語在句首，敘述語在句尾，按照主語─目的語─敘述語的順序而構成。

① 명사+이/가   형용사   가방이 작아요.
    주어   서술어   친구가 많아요.

② 명사+이/가   (자)동사   다니엘 씨가 자요.
    주어   서술어   선생님이 쉬어요.

③ 명사+이/가   명사+을/를   (타)동사   다니엘 씨가 친구를 만나요.
    주어   목적어   서술어   선생님이 책을 읽어요.

---

1) 가 텔레비전이 재미있어요?
    나 네, 텔레비전이 재미있어요.

2) 가 한국어 공부가 어려워요?
    나 아니요, 한국어 공부가 쉬워요.

3) 가 카밀라 씨가 무엇을 해요?
    나 전화를 해요.

             ➤現在
4) 가 [지금] 웨이 씨가 음악을 들어요?
    나 아니요, 두엔 씨가 음악을 들어요. 웨이 씨는 자요.

1 다음과 같이 문장을 만들고 친구하고 이야기해 봐요.

請照著以下的範例造句，並跟朋友聊一聊。

웨이 씨	컴퓨터
카밀라 씨	옷
친구	가방
선생님	돈
⋮	음악
	한국어 책
	⋮

사다	많다
만나다	크다
보다	비싸다
주다	어렵다
듣다	좋다
전화하다	재미있다
자다	예쁘다
쉬다	바쁘다
⋮	⋮

한국어 책 이 재미있어요 .

가 한국어 책이 어때요?

나 한국어 책이 재미있어요.

웨이 씨 가 가방 을 사요 .

가 웨이 씨가 무엇을 해요?

나 웨이 씨가 가방을 사요.

① _____ 이/가 _____ .

② _____ 이/가 _____ .

③ _____ 이/가 _____ .

④ _____ 이/가 _____ .

⑤ _____ 이/가 _____ .

⑥ _____ 이/가 _____ 을/를 _____ .

⑦ _____ 이/가 _____ 을/를 _____ .

⑧ _____ 이/가 _____ 을/를 _____ .

2 교실 물건이 어때요? 친구가 무엇을 해요? 그림을 보고 이야기해 봐요.
教室裡的物品如何？朋友在做什麼？請看完圖片後說說看。

3 여러분 교실의 물건이 어때요? 친구가 무엇을 해요? 친구하고 이야기해 봐요.
大家教室裡的物品如何？朋友在做什麼？請和朋友聊一聊。

한 번 더 연습해요 請再練習一次

1 다음 대화를 들어 보세요.
請聽聽以下的對話。

1) 웨이 씨는 지금 무엇을 해요?
   王偉現在在做什麼？

2) 카밀라 씨는 오늘 무엇을 해요?
   卡米拉今天要做什麼？

2 다음 대화를 연습해 보세요.
請練習以下的對話。

 웨이 씨, 지금 무엇을 해요?

영화를 봐요.

 영화가 어때요?

재미있어요.
카밀라 씨는 오늘 무엇을 해요?

 친구를 만나요.

3 여러분도 이야기해 보세요.
大家也請聊一聊。

1)

| 가 | 운동, 하다 | 나 | 한국어 공부, 하다 | 쉽다 |

2)

| 가 | 휴대폰, 사다 | 나 | 과자, 먹다 | 맛있다 |

3)

| 가 | 친구하고 놀다 | 나 | 한국 음악, 듣다 | 좋다 |

이제 해 봐요 現在請試一試

 들어요

1 다음은 두 사람의 대화입니다. 잘 듣고 질문에 답해 보세요.
以下是兩人的對話。請仔細聽完後，回答問題。

1) 웨이 씨는 오늘 무엇을 해요?
王偉今天要做什麼？

①    ②    ③

2) 들은 내용과 같으면 ○, 다르면 ✕에 표시하세요.
與聽到的內容一致時請標示 ○，不同時請標示 ✕ 。

① 웨이 씨는 한국 친구가 적어요.

② 두엔 씨는 한국 친구가 없어요.   ○ ✕

 말해요

1 여러분은 오늘 무엇을 해요? 친구하고 이야기해 보세요.
大家今天要做什麼？請跟朋友聊一聊。

1) 여러분은 오늘 무엇을 해요? 어때요? 생각해 보세요.
大家今天要做什麼？如何？請想一想？

2) 우리 반 친구들은 무엇을 해요? 어때요? 친구하고 이야기하세요.
我們班同學們要做什麼？如何？請跟朋友聊一聊。

1 다음은 친구들의 일기입니다. 잘 읽고 질문에 답해 보세요.

以下是朋友們的日記。請仔細閱讀後，回答問題。

나쓰미	저는 오늘 친구를 만나요. 친구하고 커피를 마셔요.
다니엘	저는 회사원이에요. 오늘 일이 많아요. 바빠요.
무함마드	저는 휴대폰이 없어요. 오늘 휴대폰을 사요.

1) 나쓰미 씨는 오늘 무엇을 해요?
夏美今天要做什麼？

① 일을 해요.　　② 학교에 가요.　　③ 친구를 만나요.

2) 다니엘 씨는 오늘 어때요?
丹尼爾今天如何？

3) 무함마드 씨는 오늘 무엇을 사요?
穆罕默德今天要買什麼？

① 　　② 　　③

1 여러분도 일기를 써 보세요.

請大家也試著寫一篇日記。

1) 여러분은 오늘 무엇을 해요? 생각해 보세요.

大家今天要做什麼？請想一想。

2) 생각한 내용을 바탕으로 글을 쓰세요.

請以想到的內容為基礎寫一篇文章。

발음 연음 2 連音 2

● 밑줄 친 부분의 발음에 주의하면서 다음을 들어 보세요.
  請注意畫底線部分的發音，聽聽以下的內容。

1)

> 가 한국 친구가 있어요?
>
> 나 아니요, 없어요.

2)

> 가 무엇을 해요?
>
> 나 책을 읽어요.

 /ᄶ/、/ᄅᄀ/、/ᄅᄇ/、/ᄇᄉ/等雙收音後面若出現以母音開始的音節，則雙收音中的前者將成為前面音節的收音來發音，後者則成為後面音節的初聲來發音。

● 다음을 읽어 보세요. 請讀讀以下的內容。

> 1) 지우개가 없어요.
> 2) 텔레비전이 재미없어요.
> 3) 책을 읽으세요.
> 4) 여기 앉으세요.
> 5) 달이 밝아요.
> 6) 교실이 넓어요.

● 들으면서 확인해 보세요. 請一邊聽，一邊進行確認。

 **자기 평가**
自我評價

이번 과 공부는 어땠어요? 별점을 매겨 보세요!
這一課學習得如何？請用星星打分數！

| 무엇이 어떤지 묻고 답할 수 있어요? | ☆☆☆☆☆ |

4

장소

場所

🔊 041

💡 **생각해 봐요** 請想想看 🎧 041

1 카밀라 씨는 지금 어디에 가요?
卡米拉現在要去哪裡？

2 여러분은 오늘 어디에 가요?
大家今天要去哪裡？

🚲 **학습 목표** 學習目標

어디에서 무엇을 하는지 묻고 답할 수 있다.
能提問與回答在何處做何事。

● 장소
● 에 가다, 에서, 지시 표현[이, 그, 저]

배워요 請學一學

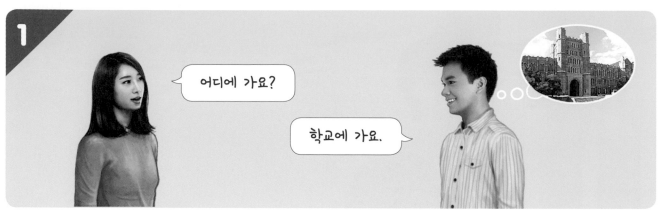

어디에 가요?

학교에 가요.

1) 가 어디에 가요?
   나 화장실에 가요.

2) 가 교실에 가요?
   나 아니요, 사무실에 가요.

에 가다 ▼ 🔍

- 목적지로의 이동을 나타낸다.
  表現往目的地移動。

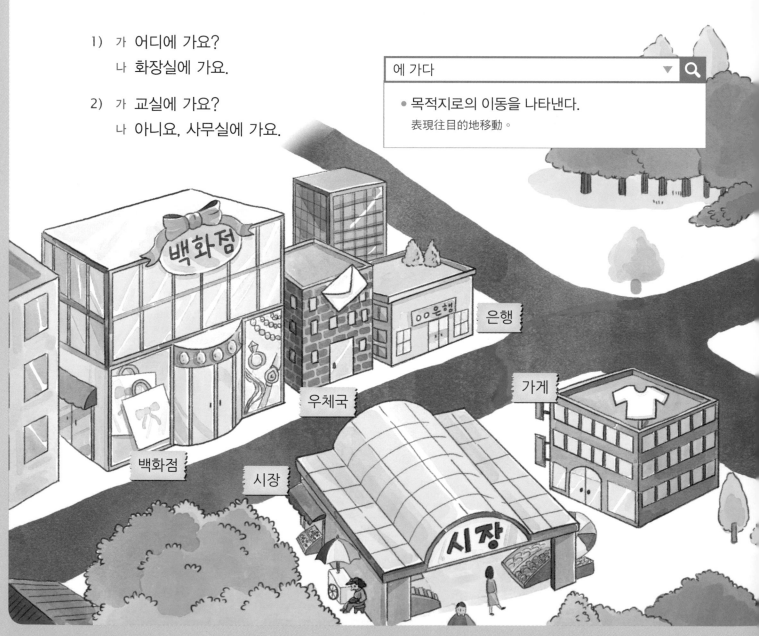

백화점

은행

우체국

가게

백화점

시장

시장

공항

영화관

식당

약국

카페

병원

공원

편의점

회사

학교

도서관

집

1 다음과 같이 이야기해 봐요.
請照著以下的範例說說看。

가 어디에 가요?

나 식당에 가요.

①

②

③

④

⑤

⑥

⑦

⑧

⑨

⑩

⑪

⑫

2 오늘 어디에 가요? 친구하고 이야기해 봐요.
今天要去哪裡？請跟朋友聊一聊。

1) 가 웨이 씨, 어디에 가요?

   나 친구 집에 가요. 친구 집에서 게임을 해요. ⟶ 게임을 하다 玩遊戲

2) 가 어디에서 옷을 사요?

   나 옷 가게에서 옷을 사요.

3) 가 지금 무엇을 해요?

   나 식당에서 밥을 먹어요. ⟶ 飯

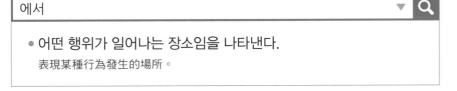

• '밥을 먹어요'는 음식인 '밥을 먹어요'라는 의미도 있고 '식사를 해요'라는 의미도 있어요.
「밥을 먹어요」（吃飯）既表現吃「米飯」這種食物，同時也有「用餐」之意。

가 지금 밥을 먹어요?
나 네, 라면을 먹어요.

에서 ▼ 🔍
• 어떤 행위가 일어나는 장소임을 나타낸다. 表現某種行為發生的場所。

1 다음과 같이 이야기해 봐요.

請照著以下的範例說說看。

가 지금 무엇을 해요?

나 학교에서 한국어를 공부해요.

①

②

③

④

⑤

⑥

⑦

⑧

⑨

⑩

2 다음과 같이 이야기해 봐요.
請照著以下的範例說說看。

방

자다

커피를 마시다

음악을 듣다

쉬다

친구를 만나다

게임을 하다

친구하고 놀다

영화를 보다

일을 하다

책을 읽다

물을 사다

운동을 하다

밥을 먹다

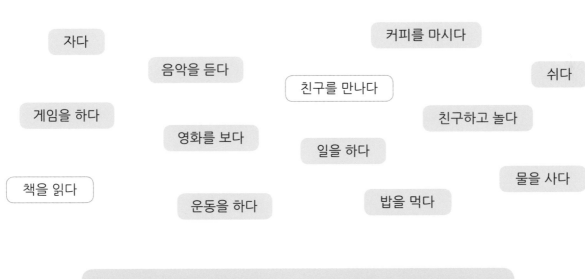

가 카페에서 무엇을 해요?
나 카페에서 책을 읽어요.

가 카페에서 무엇을 해요?
나 카페에서 친구를 만나요.

3 여러분은 '공원'에서, '백화점'에서 무엇을 해요? 그리고 '밥을 먹어요', '친구를 만나요'는 어디에서 해요?
大家在「公園」和「百貨公司」做什麼？還有「吃飯」、「見朋友」是在哪裡進行的？

공원?

백화점?

⋮

밥을 먹어요?

친구를 만나요?

⋮

4

이 옷 예뻐요?

네, 예뻐요.

1) 가 이 책 어때요?

　　나 재미있어요.

2) 가 저 사람 [알아요]? → 알다 知道

　　나 네, 우리 선생님이에요.

3) 가 여기에서 무엇을 해요?

　　나 음악을 들어요. 저는 음악을 [좋아해요]. → 좋아하다 喜歡

4) 가 어디에 가요?

　　나 명동에 가요.

　　가 거기에서 무엇을 해요?

　　나 [쇼핑해요]. → 쇼핑하다 購物

| 지시 표현[이, 그, 저] 指示表現「이, 그, 저」（這、那、那） | ▼ 🔍 |

- '이 책, 그 사람, 저 식당'과 같이 '이, 그, 저 + 명사'의 형태로 쓰여 사물이나 사람, 장소를 지시한다.
  「이 책、그 사람、저 식당」等是以「이、그、저 ＋名詞」的形式呈現，指示事物、人或場所。

- '이'는 화자에게 가까운 경우, '그'는 청자에게 가까운 경우, '저'는 화자와 청자에게서 모두 먼 경우에 사용한다.
  「이」用於距離話者較近的情況，「그」用於距離聽者較近的情況，而「저」用於距離話者與聽者都較遠的情況。

1 다음과 같이 이야기해 봐요.
請照著以下的範例說說看。

가 [그 빵] 어때요?

나 맛있어요.

①

가 [_____] 누구예요?

나 마이클 씨예요.

②

가 [_____] 비싸요?

나 아니요, 싸요.

③

가 [_____] 무엇을 해요?

나 책을 읽어요.

④

가 [_____] 무엇을 해요?

나 쉬어요.

⑤

가 어디에서 친구를 만나요?

나 [ ] 만나요.

⑥ 옷 가게

가 어디에 가요?

나 시장에 가요.

가 [ ] 무엇을 해요?

나 옷을 사요.

2 교실에 무엇이 있어요? 어때요? 다음과 같이 친구하고 이야기해 봐요.
在教室裡有什麼？如何？請照著以下的範例跟朋友說說看。

가 이 볼펜 어때요?
나 좋아요.

가 저 시계 어때요?
나 커요.

3 오늘 어디에 가요? 거기에서 무엇을 해요? 친구하고 이야기해 봐요.
今天要去哪裡？在那裡要做什麼？請跟朋友聊一聊。

한 번 더 연습해요 請再練習一次

1 다음 대화를 들어 보세요. 請聽聽以下的對話。

1) 카밀라 씨는 오늘 어디에 가요?
卡米拉今天要去哪裡。

2) 하준 씨는 오늘 무엇을 해요?
夏俊今天要做什麼？

2 다음 대화를 연습해 보세요. 請練習以下的對話。

 카밀라 씨, 오늘 어디에 가요?

백화점에 가요.

 거기에서 무엇을 해요?

안경을 사요.
하준 씨는 오늘 무엇을 해요?

 저는 공항에 가요.
공항에서 친구를 만나요.

3 여러분도 이야기해 보세요. 大家也請聊一聊。

1)

가	영화관	영화, 보다

나	백화점	가방, 사다

2)

가	공원	친구, 놀다

나	도서관	한국어, 공부하다

3)

가	집	쉬다

나	회사	일, 하다

이제 해 봐요 現在請試一試

 들어요

 1 다음은 두 사람의 대화입니다. 잘 듣고 질문에 답해 보세요. **043**
以下是兩人的對話。請仔細聽完後，回答問題。

1) 두 사람은 어디에 가요?
兩個人要去哪裡？

웨이 [　　　　　　　　　　　]　　　두엔 [　　　　　　　　　　　]

2) 웨이 씨는 오늘 무엇을 해요?
王偉今天要做什麼？

① ② ③ ④

읽어요

1 다음은 카밀라 씨의 글입니다. 잘 읽고 질문에 답해 보세요.
以下是卡米拉寫的短文。請仔細讀完後，回答問題。

저는 카페에 가요. 거기에서 커피를 마셔요. 커피가 맛있어요. 저는 커피를 좋아해요.
카페에서 음악을 들어요. 친구를 만나요. 친구하고 한국어를 공부해요.

1) 카밀라 씨는 어디에 가요?
卡米拉要去哪裡？

[　　　　　　　　　　　　　　　　　　　　　　　　　　]

2) 그곳에서 카밀라 씨는 무엇을 해요? 모두 고르세요.
卡米拉在那個地方做什麼？請全部選出來。

말해요

1 여러분은 오늘 어디에 가요? 친구하고 이야기해 보세요.
大家今天要去哪裡？請跟朋友聊一聊。

1) 어디에 가요? 거기에서 무엇을 해요? 생각해 보세요.
要去哪裡？在那裡做什麼？請想一想。

2) 친구하고 이야기하세요.
請跟朋友聊一聊。

1 여러분은 보통 어디에 가요? 글을 써 보세요.
大家通常會去哪裡？請寫一篇文章。

1) 보통 어디에 가요? 거기에서 무엇을 해요? 메모하세요.
通常會去哪裡？在那裡做什麼？請記下來。

어디에 가요?

어때요?

무엇을 해요?

2) 메모한 내용을 바탕으로 글을 쓰세요.
請以記下的內容為基礎寫一篇文章。

문화 한국 구경을 떠나 볼까요? 要不要一起去遊覽一下韓國呢？

- 여러분은 한국의 어디 어디를 알아요? 한국의 대표 도시를 알아볼까요?
  大家都知道韓國的哪些地方？讓我們來認識一下韓國的代表性城市。

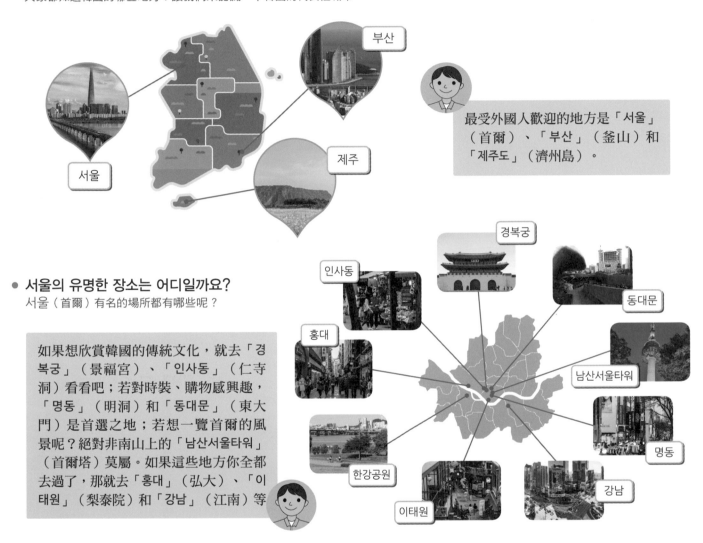

最受外國人歡迎的地方是「서울」（首爾）、「부산」（釜山）和「제주도」（濟州島）。

부산

서울

제주

- 서울의 유명한 장소는 어디일까요?
  서울（首爾）有名的場所都有哪些呢？

如果想欣賞韓國的傳統文化，就去「경복궁」（景福宮）、「인사동」（仁寺洞）看看吧；若對時裝、購物感興趣，「명동」（明洞）和「동대문」（東大門）是首選之地；若想一覽首爾的風景呢？絕對非南山上的「남산서울타워」（首爾塔）莫屬。如果這些地方你全都去過了，那就去「홍대」（弘大）、「이태원」（梨泰院）和「강남」（江南）等

경복궁

인사동

홍대

동대문

남산서울타워

명동

한강공원

이태원

강남

- 여러분 나라의 유명한 곳은 어디예요? 소개해 보세요.
  大家的國家最有名的地方是哪裡？請介紹一下。

이번 과 공부는 어땠어요? 별점을 매겨 보세요!

這一課學習得如何？請用星星打分數！

자기 평가
自我評價

어디에서 무엇을 하는지 묻고 답할 수 있어요?

☆☆☆☆☆

우유 · 음료수 · 김밥 · 샌드위치

5

물건 사기
買東西

💡 **생각해 봐요** 請想想看 051

1 여기는 어디예요?
這是哪裡？

2 여러분은 편의점에서 무엇을 사요?
大家在便利商店買什麼？

🚲 **학습 목표** 學習目標

물건을 살 수 있다.
能購買東西。

● 가게 물건, 고유어 수, 한자어 수
● 이/가 있다/없다
● 물건 사기

배워요 請學一學

1

무엇을 사요?

라면을 사요.

가게 물건 商店物品

커피　콜라　주스　우유　물

초콜릿　빵

라면　과자　사탕　김밥

칫솔　비누

치약　샴푸　휴지

아이스크림

1 다음과 같이 이야기해 봐요.
請照著以下的範例說說看。

> 가 무엇을 사요?
>
> 나 과자를 사요.

①

②

③

④

⑤

⑥

2 다음과 같이 이야기해 봐요.
請照著以下的範例說說看。

> 가 무엇을 사요?
>
> 나 칫솔하고 휴지를 사요.

- 두 개의 명사를 나열할 때 '하고'를 사용해요.
  羅列兩個名詞時用「하고」連接。

  라면하고 콜라를 사요.

3 여러분은 오늘 무엇하고 무엇을 사요? 친구하고 이야기해 봐요.
大家今天要做什麼買什麼？請跟朋友聊一聊。

2

치약이 있어요?

네, 치약이 있어요.

1) 가 김밥이 있어요?
   나 아니요, 김밥이 없어요.

2) 가 무엇이 있어요?
   나 커피가 있어요.

3) 가 한국 친구가 많이 있어요? → 多
   나 아니요, 조금 있어요.
   → 一點兒

이/가 있다/없다	▼	🔍
● 어떤 사물이나 사람, 일의 유무를 나타낸다. 表現某種事物或人、事情的有無。		

1 다음과 같이 이야기해 봐요. 請照著以下的範例說說看。

① 라면

② Colgate

③

④

가 무엇이 있어요?
나 빵이 있어요.

⑤ SOAP

⑥

⑦

⑧

2 다음과 같이 이야기해 봐요. 請照著以下的範例說說看。

| 가 라면이 있어요? | 가 과자가 있어요? |
| 나 네, 라면이 있어요. | 나 아니요, 과자가 없어요. |

3 친구는 있어요? 없어요? 친구하고 이야기해 봐요.
朋友有嗎？沒有嗎？請跟朋友聊一聊。

우산이 몇 개 있어요?

한 개 있어요.

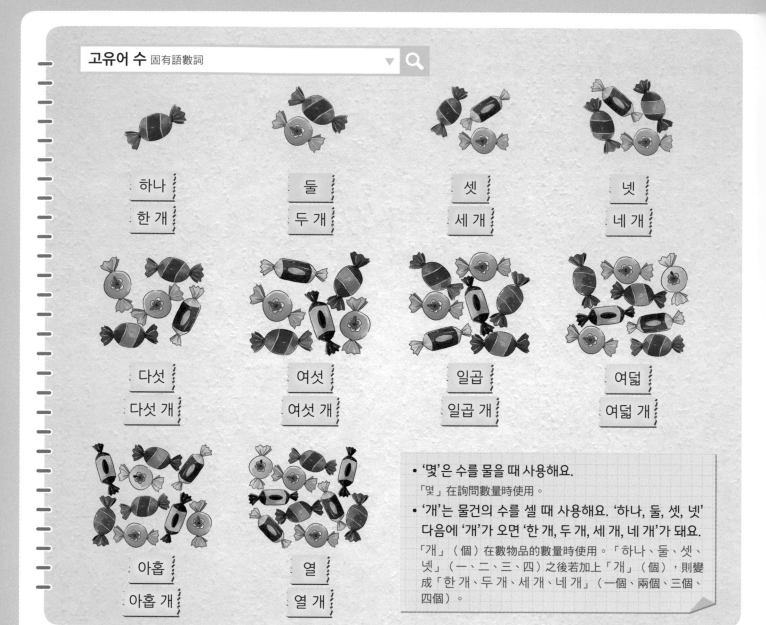

하나	둘	셋	넷
한 개	두 개	세 개	네 개
다섯	여섯	일곱	여덟
다섯 개	여섯 개	일곱 개	여덟 개
아홉	열		
아홉 개	열 개		

- '몇'은 수를 물을 때 사용해요.
  「몇」在詢問數量時使用。
- '개'는 물건의 수를 셀 때 사용해요. '하나, 둘, 셋, 넷' 다음에 '개'가 오면 '한 개, 두 개, 세 개, 네 개'가 돼요.
  「개」（個）在數物品的數量時使用。「하나、둘、셋、넷」（一、二、三、四）之後若加上「개」（個），則變成「한 개、두 개、세 개、네 개」（一個、兩個、三個、四個）。

1 다음과 같이 이야기해 봐요.
請照著以下的範例說說看。

①

②

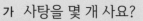
가 사탕을 몇 개 사요?
나 사탕을 한 개 사요.

③

④

⑤

⑥ 달걀 / 계란

2 다음과 같이 이야기해 봐요.
請照著以下的範例說說看。

①

②

③

④

⑤

⑥

가 볼펜이 있어요?

나 네, 있어요.

가 볼펜이 몇 개 있어요?

나 한 개 있어요.

3 다음 물건이 있어요? 몇 개 있어요? 친구하고 이야기해 봐요.
有以下的物品嗎？有幾個？請跟朋友聊一聊。

얼마예요?

천오백 원이에요.

- '10, 100, 1,000, 10,000, 100,000'은 '십, 백, 천, 만, 십만'으로 읽어요.
「10、100、1,000、10,000、100,000」讀作「십、백、천、만、십만」（十、百、千、萬、十萬）。

1 다음과 같이 이야기해 봐요.
請照著以下的範例說說看。

① ₩ 500

② ₩ 1,000

③ ₩ 3,500

④ ₩ 4,000

⑤ ₩ 6,500

⑥ ₩ 7,000

⑦ ₩ 15,000

⑧ ₩ 90,000

⑨ ₩ 400,000

> ₩ 2,500
>
> 가 얼마예요?
>
> 나 이천오백 원이에요.

2 다음과 같이 이야기해 봐요.
請照著以下的範例說說看。

① 1,500원

우유 1,200원

가 이 우유 얼마예요?

나 천이백 원이에요.

② 2,400원

③ 3,100원

④ 17,000원

⑤ 65,000원

⑥ 780,000원

3 친구가 가지고 있는 물건의 가격을 물어봐요.
請問一問朋友擁有的物品價格。

1 그림을 보고 친구하고 이야기해 봐요.

請看完圖片後，跟朋友聊一聊。

● 다음 숫자를 소리 내어 읽어 봐요.

請讀出以下的數字。

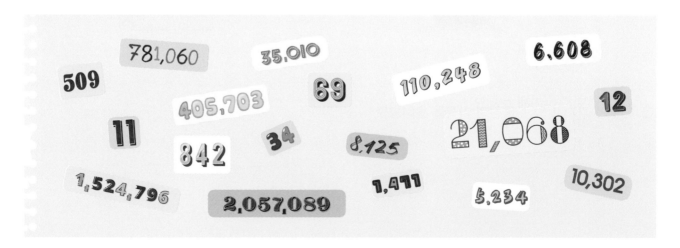

한 번 더 연습해요 請再練習一次

1 다음 대화를 들어 보세요.
請聽聽以下的對話。

1) 두 사람은 지금 무엇을 해요?
兩個人現在在做什麼？

2) 여자는 무엇을 몇 개 사요? 얼마예요?
女子買什麼東西？買幾個？多少錢？

2 다음 대화를 연습해 보세요.
請練習以下的對話。

 어서 오세요. 무엇을 드릴까요?

라면하고 콜라 있어요?

 네, 있어요.

라면 두 개하고 콜라 한 개 주세요.

 여기 있어요.

얼마예요?

 사천이백 원이에요.

3 여러분도 이야기해 보세요.
大家也請聊一聊。

1) 가 12,600 나 치약 2, 비누 4

2) 가 8,400 나 아이스크림 3, 초콜릿 2

3) 가 23,100 나 휴지 6, 샴푸 1

4) 가 15,700 나 커피 5, 빵 2

現在請試一試

들어요

1 다음은 가게에서의 대화입니다. 잘 듣고 질문에 답해 보세요.
以下是在商店裡的對話。請仔細聽完後，回答問題。

1) 무엇을 몇 개 사요?
買什麼東西？買幾個？

① 　② 　③ 　④

2) 얼마예요?
多少錢？

① 3,500원　　② 3,900원　　③ 4,500원　　④ 4,900원

읽어요

1 다음은 가게에서 물건을 사고 받은 영수증입니다. 잘 읽고 질문에 답해 보세요.
以下是在商店買完東西後收到的收據，請仔細讀完後，回答問題。

상품	수량	가격
치약	1	2,500
칫솔	2	4,000
휴지	6	12,000
합계		18,500

1) 무엇을 사요?
買什麼東西？

2) 치약은 한 개에 얼마예요?
一條牙膏多少錢？

3) 칫솔을 몇 개 사요?
買幾支牙刷？

1 물건을 사는 대화를 해 보세요.
請說一說買東西時的對話。

1) 가게에 무엇이 있어요? 무엇을 사고 싶어요? 생각해 보세요.
商店裡有什麼？想買什麼？請想一想。

A 여러분은 손님이에요. 무엇을 몇 개 사고 싶어요? 메모하세요.
大家是顧客。想買什麼？買幾個？請記下來。

B 여러분은 점원이에요. 물건의 가격을 정하세요.
大家是店員。請決定物品的價格。

2) 손님과 점원이 되어 이야기하세요.
請扮成顧客與店員進行對話。

써요

1 여러분은 가게에서 무엇을 사요? 얼마예요? 써 보세요.

大家要在商店裡買什麼？多少錢？請寫下來。

1) 여러분은 가게에서 무엇을 자주 사요? 몇 개 사요? 메모하세요.

大家在商店裡經常買什麼？買幾個？請記下來。

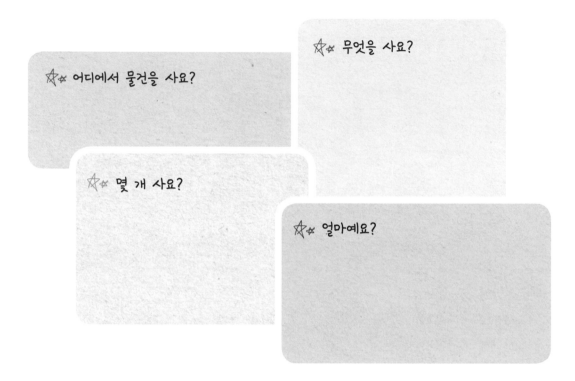

☆☆ 어디에서 물건을 사요?

☆☆ 무엇을 사요?

☆☆ 몇 개 사요?

☆☆ 얼마예요?

2) 메모한 내용을 바탕으로 글을 쓰세요.

請以記下的內容為基礎寫一篇文章。

_____

_____

_____

_____

문화 한국의 돈 韓國的貨幣

● 여러분은 한국의 화폐로 어떤 것이 있는지 알아요?
大家知道韓國的貨幣有哪些嗎？

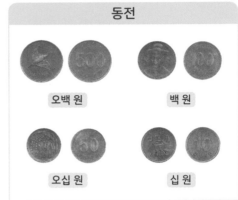

동전

오백 원   백 원

오십 원   십 원

韓國的貨幣單位是韓元，以「₩」來表示。韓元有紙幣和硬幣，其中硬幣有10韓元、50韓元、100韓元和500韓元面額，紙幣有1,000韓元、5,000韓元、10,000韓元和50,000韓元面額。

● 한국 화폐에는 어떤 그림이 있을까요?
韓國貨幣上有那些圖案呢？

 韓國貨幣上繪有韓國的偉人和乘載了歷史意義的內容。

● 여러분 나라의 화폐에는 무엇이 그려져 있어요?
大家的國家所使用的貨幣上，都印有什麼圖案呢？

자기 평가
自我評價

이번 과 공부는 어땠어요? 별점을 매겨 보세요!
這一課學習得如何？請用星星打分數！

물건을 살 수 있어요?   ☆ ☆ ☆ ☆ ☆

20:30:47

6

하루 일과
一天的作息

23:00

💡 **생각해 봐요** 請想想看 **061**

1 하준 씨는 저녁에 무엇을 해요?
夏俊晚上要做什麼？

2 여러분의 하루 일과는 어때요?
大家一天的作息如何？

🚲 **학습 목표** 學習目標

하루 일과를 묻고 답할 수 있다.
能提問和回答一天的作息。

● 시·분, 시간, 하루 일과
● 에, 안

1

> 몇 시예요?

> 한 시예요.

시·분 時、分

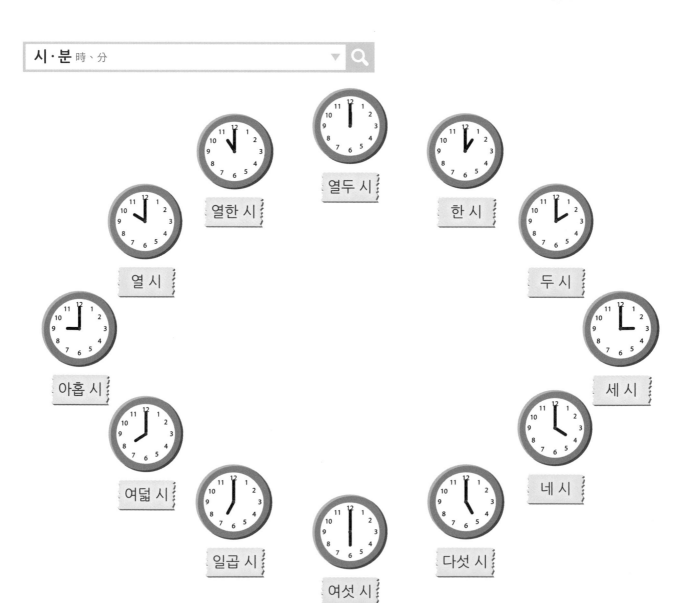

열한 시

열두 시

한 시

열 시

두 시

아홉 시

세 시

여덟 시

네 시

일곱 시

다섯 시

여섯 시

00:01 일 분	00:02 이 분	00:03 삼 분
00:04 사 분	00:05 오 분	00:10 십 분
00:15 십오 분	00:20 이십 분	00:30 삼십 분
00:40 사십 분	00:45 사십오 분	00:50 오십 분

01:01 한 시 일 분	02:10 두 시 십 분	05:40 다섯 시 사십 분	10:55 열 시 오십오 분	11:30 열한 시 반

1 다음과 같이 이야기해 봐요.
請照著以下的範例說說看。

① 02:00
② 07:00
③ 04:05
④ 05:30
⑤ 08:15
⑥ 11:25
⑦ 03:32
⑧ 06:47
⑨ 12:58
⑩ 09:16

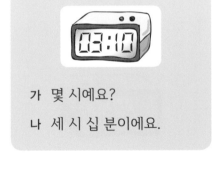

03:10

가 몇 시예요?

나 세 시 십 분이에요.

2 지금 몇 시예요? 친구하고 이야기해 봐요.
現在是幾點？請跟朋友聊一聊。

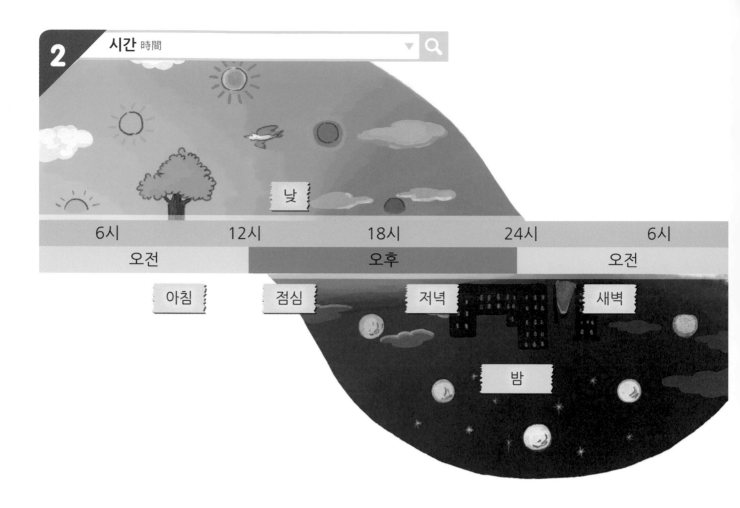

낮

6시   12시   18시   24시   6시

오전   오후   오전

 아침    점심    저녁    새벽

밤

1 다음과 같이 이야기해 봐요.
請照著以下的範例說說看。

①    ②

③   ④

가 몇 시예요?

나 아침 여덟 시예요.

⑤    ⑥    ⑦    ⑧

3

몇 시에 자요?

열두 시에 자요.

1) 가 몇 시에 친구를 만나요?
   나 오후 세 시에 만나요.

2) 가 언제 운동을 해요? → 什麼時候
   나 보통 아침에 운동을 해요.
   → 通常

3) 가 저녁에 뭐 해요? → 然後
   나 밥을 먹어요. 그리고 쉬어요.

에	▼	🔍

- 어떤 동작이나 행위, 상태가 일어나는 시간을 나타낸다.
  表現某種動作、行為或狀態發生的時間。

1 다음과 같이 이야기해 봐요. 請照著以下的範例說說看。

백화점에 가다	오후 5시

가 몇 시에 백화점에 가요?   가 언제 백화점에 가요?
나 오후 다섯 시에 가요.   나 오후 다섯 시에 가요.

① 학교에 가다   08:00   ② 밥을 먹다   12:30

③ 선생님을 만나다   14:00   ④ 영화를 보다   10:00

⑤ 운동을 하다   오전   ⑥ 공부하다   저녁

⑦ 커피를 마시다   지금   ⑧ 자다   밤 11시

자다

일어나다

씻다

샤워하다

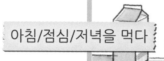
아침/점심/저녁을 먹다

음식을 만들다

학교에 가다

출근하다

집에 오다

수업이 끝나다

수업이 시작되다

일하다

퇴근하다

쉬다

- '수업이 시작되다'는 '수업이 시작하다'로도 말해요.
  「수업이 시작되다」還可以說 成「수업이 시작하다」。

1 다음과 같이 이야기해 봐요.
請照著以下的範例說說看。

오후 8시	저녁
가 몇 시에 집에 와요?	가 언제 집에 와요?
나 오후 여덟 시에 집에 와요.	나 저녁에 집에 와요.

①

아침 7시

②

오후 3시

③

12:30

④

08:30

⑤

낮

⑥

저녁

⑦

밤

⑧

오전 10시

⑨

새벽

2 다음과 같이 이야기해 봐요.
請照著以下的範例說說看。

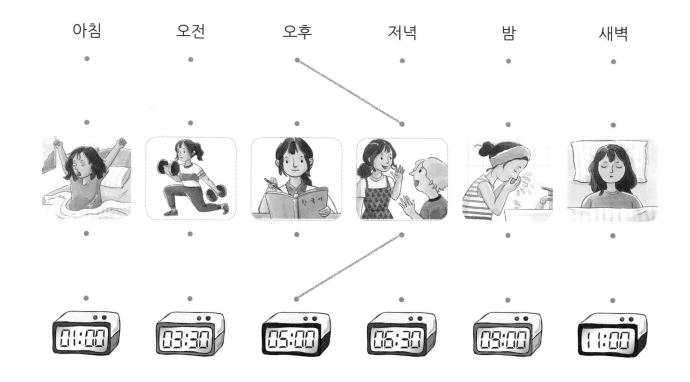

| 아침 | 오전 | 오후 | 저녁 | 밤 | 새벽 |

가 오후에 뭐 해요?

나 친구를 만나요.

가 몇 시에 만나요?

나 오후 다섯 시에 만나요.

3 여러분은 보통 아침, 점심, 저녁, 밤에 뭐 해요?
몇 시에 해요? 친구하고 이야기해 봐요.
大家通常在早上、中午、傍晚、夜晚做些什麼？在幾點做這些事情？請跟朋友聊一聊。

5

오늘 친구를 만나요?

아니요, 친구를 안 만나요.

1) 가 한국어가 어려워요?

　나 아니요, 안 어려워요. 쉬워요.

2) 가 회사에 다녀요?　다니다 上（班）

　나 아니요, 회사에 안 다녀요.

3) 가 오늘 쇼핑해요?

　나 아니요, 쇼핑 안 해요.

4) 가 집에 혼자 가요?　自己獨自

　나 아니요, 혼자 안 가요.

　가 그러면 누구하고 가요?

　나 친구하고 같이 가요.

　　那麼

안	▼	🔍

- 동사나 형용사 앞에 쓰여 부정이나 반대의 뜻을 나타낸다.
  用於動詞或形容詞之前，表現否定或相反的意思。

- '명사＋하다'의 동사는 '명사＋안＋하다'의 형태로 쓴다.
  「名詞＋하다」動詞的否定形式是「名詞＋안＋하다」。

- '있다'는 '없다'로, '알다'는 '모르다'로, '좋아하다'는 '안 좋아하다'로 말해요.
  將「있다」說成「없다」，「알다」說成「모르다」，「좋아하다」說成「안 좋아하다」（不喜歡）。

  가 저 사람 이름을 알아요?　　　가 커피를 좋아해요?
  나 몰라요.　　　　　　　　　　나 아니요, 안 좋아해요.

---

1 다음과 같이 이야기해 봐요.
請照著以下的範例說說看。

① 회사, 가다

② 아침, 먹다

③ 음악, 듣다

④ 지금, 전화하다

⑤ 돈, 많다

⑥ 이 시계, 좋다

⑦ 한국인 친구, 있다

⑧ 김밥, 맛있다

⑨ 저 사람, 알다

집, 크다

가 집이 커요?

나 아니요, 집이 안 커요.

2 다음과 같이 이야기해 봐요.
請照著以下的範例說說看。

백화점, 가방, 사다

가 백화점에서 가방을 사요?
나 아니요, 백화점에서 가방을 안 사요.

어디

가 그러면 어디에서 사요?
나 시장에서 사요.

① 회사, 가다
어디

② 집, 친구, 만나다
어디

③ 8시, 일어나다
몇 시

④ 오전, 책, 읽다
언제

⑤ 라면, 1개, 사다
몇 개

⑥ 학교, 다니다
어디

⑦ 혼자, 공부하다
누구하고

⑧ 공원, 운동하다
무엇

3 친구는 하루를 어떻게 보내요? 아침을 먹어요? 오전에 운동을 해요? 혼자 해요? 다섯 가지 이상 질문하고 대답해 봐요.
朋友的一天如何度過？吃早飯嗎？上午運動嗎？獨自做嗎？請提出五個以上的問題，然後回答。

한 번 더 연습해요 請再練習一次

1 다음 대화를 들어 보세요.
請聽聽以下的對話。

1) 다니엘 씨는 언제 운동을 해요?
丹尼爾什麼時候運動？

2) 두 사람은 무엇에 대해 이야기해요?
兩個人在聊什麼話題？

2 다음 대화를 연습해 보세요.
請練習以下的對話。

 다니엘 씨, 아침에 운동을 해요?

아니요, 아침에 운동을 안 해요.

 그럼 언제 운동을 해요?

저녁에 운동을 해요.

3 여러분도 이야기해 보세요.
大家也請聊一聊。

1)

| 가 | 저녁, 샤워를 하다? | 나 | 아침, 샤워를 하다 |

2)

| 가 | 학교, 공부를 하다? | 나 | 집, 저녁, 공부를 하다 |

3)

| 가 | 집, 아침을 먹다? | 나 | 집 | 오전 7시, 아침을 먹다 |

4)

| 가 | 오전, 커피를 마시다? | 나 | 오전 | 카페, 커피를 마시다 |

이제 해 봐요 現在請試一試

 들어요

1 다음은 하루 일과에 대한 대화입니다. 잘 듣고 질문에 답해 보세요.
以下是關於一天作息安排的對話。請仔細聽完後，回答問題。

1) 두엔 씨는 오전에 무엇을 해요? 모두 고르세요.
杜安上午做什麼？請全部選出來。

①

②

③

④

⑤

⑥

⑦

⑧

2) 들은 내용과 같은 것을 고르세요.
請選出與所聽內容一致的選項。

① 두엔 씨는 회사원이에요.

② 두엔 씨는 아침 일곱 시에 일어나요.

③ 두엔 씨는 오후에 친구하고 운동을 해요.

읽어요

1 다음은 카밀라 씨의 메모입니다. 잘 읽고 질문에 답해 보세요.

以下是卡米拉的紀錄。請仔細讀完後,回答問題。

1) 카밀라 씨는 학교에 가요?

卡米拉要去學校嗎?

2) 카밀라 씨는 점심을 몇 시에 먹어요?

卡米拉幾點吃午飯?

3) 카밀라 씨는 운동을 언제 해요?

卡米拉什麼時候運動?

말해요

1 여러분의 하루 일과를 이야기해 보세요.

請說說大家一天的作息。

1) 여러분의 하루 일과는 어때요? 바빠요? 재미있어요? 보통 무엇을 해요? 언제 해요?

大家一天的作息如何?忙嗎?有趣嗎?通常做些什麼?什麼時候做?

2) 아래 수첩에 메모하세요.

請記在下面的手冊上。

3) 하루 일과가 어때요? 메모를 보고 친구하고 이야기하세요.
一天的作息如何？請看看紀錄的內容，並跟朋友聊一聊。

써요

1 여러분의 하루 일과를 소개하는 글을 써 보세요.
請寫一篇介紹自己一天行程的文章。

1) 위의 메모를 바탕으로 글을 쓰세요.
請以上面的紀錄為基礎內容寫一篇文章。

발음 소리 내어 읽기 1 朗讀 1

● 다음 문장을 읽어 보세요.
請讀出以下的句子。

> 1) 안녕하세요? 저는 김민정이에요. 만나서 반갑습니다.
> 2) 저는 오늘 학교에 가요. 학교에서 한국어를 공부해요.
> 3) 저는 일본 사람이에요. 한국인 친구가 두 명 있어요.
> 4) 오후에 백화점에 가요. 옷을 사요. 그리고 신발도 사요.
> 5) 저는 축구를 좋아해요. 아침에 친구하고 축구를 해요.

● 다음을 읽어 보세요. 시간이 얼마나 걸렸어요?
請讀出以下的內容。花了多長時間？

> 안녕하세요? 저는 페르난데스예요. 멕시코 사람이에요. 지금은 한국에서 살아요. 한국 회사에 다녀요. 저는 보통 아침 일곱 시에 일어나요. 아침에 운동을 해요. 그리고 오전 아홉 시부터 오후 여섯 시까지 회사에서 일해요. 저녁은 보통 친구들하고 같이 먹어요. 한국 생활은 재미있어요.

● 이번에는 조금 더 빨리 읽어 보세요.
這次請讀得更快一些。

자기 평가
自我評價

이번 과 공부는 어땠어요? 별점을 매겨 보세요!
這一課學習得如何？請用星星打分數！

하루 일과를 묻고 답할 수 있어요?

7

한국 생활

韓國生活

생각해 봐요 請想想看 **071**

1 카밀라 씨는 언제 한국에 왔어요?
卡米拉是什麼時候來韓國的？

2 여러분은 한국 생활이 어때요?
大家的韓國生活怎麼樣？

학습 목표 學習目標

한국 생활에 대해 묻고 답할 수 있다.
能針對韓國的生活進行提問與回答。

- 시간, 기간
- -았어요/었어요/였어요, -고

배워요 請學一學

> 어제 뭐 했어요?

> 친구하고 놀았어요.

1) 가 어제 저녁에 뭐 했어요?

    나 부모님한테 전화했어요.
        ↳ 父母

2) 가 영화가 어땠어요?

    나 재미있었어요.

3) 가 어제 뭐 했어요?

    나 명동에서 쇼핑을 했어요.

    가 한국 친구하고 갔어요?

                                       ↱ 힘들다 困難

    나 아니요, 혼자 갔어요. 그래서 조금 힘들었어요.
                 ↳ 所以

> • '한테'는 행동이 미치는 대상임을 나타내요.
> 「한테」表現行動涉及的對象。
> 친구한테 사탕을 줘요.

-았어요/었어요/였어요 ▾ 🔍

• 어떤 사건이나 행위가 이야기하는 시점에서 이미 일어났음을 나타낸다.

表現某事或某種行為在說話的當下已經發生。

'ㅏ/ㅗ'일 때	-았어요	작았어요 놀았어요
'ㅏ/ㅗ'가 아닐 때	-었어요	먹었어요 읽었어요
'하다'일 때	-였어요	하였어요 ➡ 했어요

1 다음을 어제의 일로 바꿔서 이야기해 봐요.

請將以下的內容改成昨天發生的事情來聊一聊。

① 가 오늘 무엇을 해요?

친구를 만나요. 나

② 가 음악을 들어요?

아니요, 책을 읽어요. 나

③ 가 오늘 어디에서 옷을 사요?

옷 가게에서 옷을 사요. 나

④ 가 오후에 뭐 해요?

음식을 만들어요. 나

⑤ 가 몇 시에 일어나요?

일곱 시에 일어나요. 나

⑥ 가 오늘 몇 시에 퇴근해요?

여섯 시에 퇴근해요. 나

⑦ 가 어디에 가요?

친구 집에 가요. 나
친구 집에서 게임을 해요.

⑧ 가 영화가 어때요?

재미있어요. 나

2 다음과 같이 이야기해 봐요.

請照著以下的範例說說看。

홍대, 친구, 만나다

가 어제 뭐 했어요?
나 홍대에서 친구를 만났어요.

① 도서관, 책, 읽다

② 회사, 일하다

③ 집, 음악, 듣다

④ 동대문, 쇼핑하다

⑤ 한국 음식, 만들다

⑥ 운동하다

⑦ 강남, 영화, 보다

⑧ 쉬다

맛있다	⑨ 좋다	⑩ 재미없다
가 어땠어요?	⑪ 예쁘다	⑫ 어렵다
나 맛있었어요.	⑬ 바쁘다	⑭ 힘들다
	⑮ 비싸다	⑯ 크다

3 어제 어디에 갔어요? 누구하고 갔어요? 거기에서 무엇을 했어요? 그림을 보고 이야기해 봐요.
昨天去了哪裡？跟誰一起去的？在那裡做了什麼？請看圖說說看。

4 여러분은 어제 무엇을 했어요? 친구하고 이야기해 봐요.
大家昨天做了什麼？請跟朋友聊一聊。

1 다음과 같이 이야기해 봐요.
請照著以下的範例說說看。

| 한국에 오다 | 가 언제 한국에 왔어요? | 친구를 만나다 | 가 언제 친구를 만나요? |
| 작년 | 나 작년에 왔어요 | 7. 29. | 나 7월 29일에 만나요. |

① 가방을 사다   지난달   ② 영화를 보다   다음 주

③ 쇼핑을 하다   모레   ④ 부모님한테 전화하다   지난주

⑤ 한국 음식을 먹다   그저께   ⑥ 중국에 가다   내년

⑦ 친구하고 놀다   10. 7.   ⑧ 학교에 가다   5. 10.

2 오늘은 2022년 10월 20일이에요. 달력을 보고 다음과 같이 이야기해 봐요.
今天是2022年10月20日。請看看月曆後，照著以下的範例說說看。

가 언제 한국에 왔어요?
나 작년에 왔어요.

①

②

③

④

⑤

⑥

3 여러분은 지난달에 무엇을 했어요? 내일 무엇을 해요? 친구하고 이야기해 봐요.
大家上個月做了什麼？明天要做什麼？請跟朋友聊一聊。

지난달	지난주	그저께	내일

기간 期間

| 달 | 한 달   두 달   세 달 … | 연(년) | 일 년   이 년   삼 년 … |

2일 전

2일 후

1일 전

1일 후

그저께   어제   오늘   내일   모레

1 다음과 같이 이야기해 봐요.
請照著以下的範例說說看。

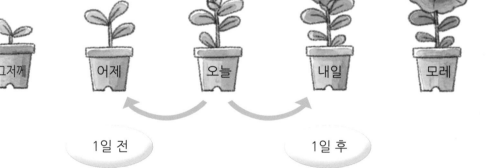

| 한국에 오다 | 가 언제 한국에 왔어요? |
| 한 달 전 | 나 한 달 전에 왔어요. |

| 친구를 만나다 | 가 언제 친구를 만나요? |
| 2시간 후 | 나 두 시간 후에 만나요. |

①	운동을 하다	1주일 전		②	부산에 가다	1년 전
③	쇼핑을 하다	2일 전		④	영화를 보다	3시간 후
⑤	부모님을 만나다	두 달 후		⑥	선생님한테 전화하다	30분 후

2 수첩을 보고 다음과 같이 이야기해 봐요.
請看看手冊，照著以下的範例說說看。

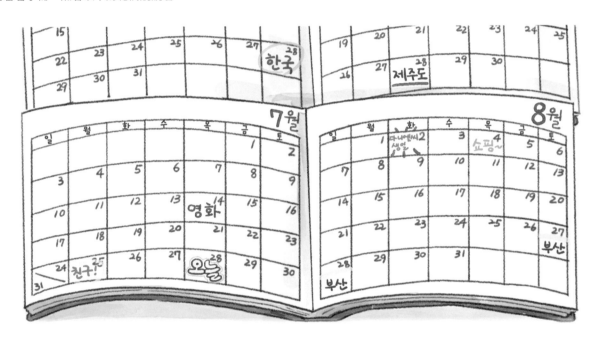

① 한국   ② 영화

③ 친구   ④ 부산

제주도	쇼핑
가 제주도에 언제 갔어요?	가 쇼핑을 언제 해요?
나 한 달 전에 갔어요.	나 일주일 후에 해요.

3 여러분은 언제 했어요? 친구하고 이야기해 봐요.
大家是什麼時候做的？請跟朋友聊一聊。

한국에 오다	운동을 하다	친구하고 놀다	부모님한테 전화하다	

어제 뭐 했어요?

한국어를 공부하고 친구를 만났어요.

1) 가 지난주 토요일에 뭐 했어요?
   나 영화를 보고 쇼핑했어요.

2) 가 한국에서 무엇을 했어요?
   나 한국 친구를 사귀고 한국 음식을 먹었어요.
   └→ 사귀다 交往

3) 가 한국 생활이 어때요?
   나 아주 재미있고 좋아요.
   └→ 非常

4) 가 한국어 공부가 어때요? 힘들어요?
   나 아니요, 괜찮아요. 수업도 재미있고 친구들도 좋아요.
   └→ 괜찮다 還可以

- 고	▼	🔍

- 둘 이상의 대등한 내용을 나열함을 나타낸다.
  表現羅列兩種以上對等的內容。

1 다음과 같이 이야기해 봐요.
請照著以下的範例說說看。

운동을 하다, 집에서 쉬다	가 어제 뭐 했어요? 나 운동을 하고 집에서 쉬었어요.

① 동대문에서 쇼핑을 하다, 영화를 보다

② 집에서 음악을 듣다, 음식을 만들다

③ 도서관에서 책을 읽다, 친구를 만나다

④ 카페에서 커피를 마시다, 백화점에 가다

2 다음과 같이 이야기해 봐요.
請照著以下的範例說說看。

① 선생님 　　 재미있다, 좋다

② 저 식당 　　 싸다, 맛있다

③ 우리 학교 　　 크다, 예쁘다

④ 한국 생활 　　 일이 많다, 조금 힘들다

이 가방 　　 싸다, 좋다

가 이 가방이 어때요?

나 싸고 좋아요.

3 여러분은 보통 무엇을 해요? 친구하고 이야기해 봐요.
大家通常會做什麼？請跟朋友聊一聊。

4 여러분은 한국 생활이 어때요? 친구하고 이야기해 봐요.
大家的韓國生活如何？請跟朋友聊一聊。

한 번 더 연습해요 請再練習一次

1 다음 대화를 들어 보세요. 請聽聽以下的對話。

1) 두 사람은 무엇에 대해 이야기해요? 兩個人在聊什麼話題？

2) 웨이 씨는 언제 한국에 왔어요? 王偉是什麼時候來韓國的？

3) 웨이 씨는 한국 생활이 어때요? 王偉覺得韓國的生活怎麼樣？

2 다음 대화를 연습해 보세요. 請練習以下的對話。

 웨이 씨, 언제 한국에 왔어요?

지난달에 왔어요.

 한국에서 무엇을 했어요?

한국어를 공부하고 한국 친구를 사귀었어요.

 한국 생활이 어때요?

재미있고 좋아요.

3 여러분도 이야기해 보세요. 大家也請聊一聊。

1)		2)		3)	
나	일주일 전	나	작년	나	두 달 전
	홍대에서 쇼핑을 하다		회사에서 일하다		한국 친구를 사귀다
	재미있다		조금 바쁘다, 힘들다		재미있다, 좋다

이제 해 봐요 現在請試一試

 들어요

1 다음은 한국 생활에 대한 대화입니다. 잘 듣고 질문에 답해 보세요.
以下是關於韓國生活的對話。請仔細聽完後，回答問題。

1) 무함마드 씨는 언제 한국에 왔어요? 쓰세요.
   穆罕默德是什麼時候來韓國的？請寫下來。

2) 카밀라 씨는 한국에서 무엇을 했어요? 쓰세요.
   卡米拉在韓國做了什麼？請寫下來。

 읽어요

1 다음은 한국 생활에 대한 글입니다. 잘 읽고 질문에 답해 보세요.
以下是關於韓國生活的文章。請仔細聽完後，回答問題。

→那時候

저는 지난달에 한국에 왔어요. 그때 친구가 없었어요. 그래서 조금 힘들었어요. 그 후 저는 친구들을 많이 사귀었어요. 친구들하고 놀고 이야기도 많이 하고 공부도 했어요. 지금은 한국 생활이 아주 재미있고 좋아요.

1) 이 사람은 언제 한국에 왔어요?
   這個人是什麼時候來韓國的？

2) 이 사람은 한국에서 무엇을 했어요?
   這個人在韓國做了些什麼？

3) 이 사람은 지금 한국 생활이 어때요?
   這個人覺得現在的韓國生活如何？

말해요

1 여러분의 한국 생활에 대해 이야기해 보세요.
請大家針對韓國的生活聊一聊。

1) 언제 한국에 왔어요? 한국에서 무엇을 했어요? 한국 생활이 어때요? 생각해 보세요.
什麼時候來韓國的？在韓國做了些什麼？韓國的生活如何？請想一想。

2) 한국 생활에 대해 친구하고 이야기하세요.
請針對韓國的生活跟朋友聊一聊。

써요

1 여러분은 한국 생활이 어때요? 글을 써 보세요.
大家的韓國生活如何？請寫一篇文章。

1) 말하기에서 이야기한 내용을 바탕으로 글을 쓰세요.
請以口說練習的內容為基礎，寫一篇文章。

문화　한국 생활, 대박! 韓國生活，超讚！

● 한국에 온 외국인이 놀라고 좋아하는 것에는 무엇이 있을까요?

來到韓國的外國人最為吃驚也最為喜歡的是什麼呢？

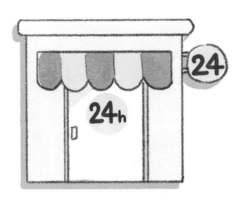

外國人在韓國最吃驚也最羨慕的三點：

1. 24小時便利商店。無論何時何地都能很容易地找到便利商店。

2. 外賣文化。無論在家還是戶外，只要拿起電話點好想吃的東西就會即刻送到。最近還可以用手機APP點餐。

3. 超高速的網路。無論是地鐵、餐廳還是咖啡廳，幾乎所有地方都有Wi-Fi信號覆蓋！

便利安全的大眾交通、免費添加配菜，以及不付小費的文化也深受歡迎。

● 여러분 나라는 어때요? 여러분 나라의 좋은 점도 소개해 주세요.

大家的國家如何？請介紹一下大家的國家有哪些優點。

이번 과 공부는 어땠어요? 별점을 매겨 보세요!

這一課學習的如何？請用星星打分數！

자기 평가
自我評價

| 한국 생활에 대해 묻고 답할 수 있어요? |  |

8

음식
食物

인기 메뉴

계절 별미

불고기

된장찌개

081

💡 **생각해 봐요** 請想想看

1 두 사람은 어디에 있어요?
兩個人在哪裡？

2 여러분은 무슨 한국 음식을 먹었어요?
大家吃過哪些韓國食物？

🚲 **학습 목표** 學習目標

음식에 대해 묻고 답할 수 있다.
能針對食物進行提問與回答。

● 음식, 맛
● -(으)ㄹ래요, -(으)세요
● 음식 주문하기

배워요 請學一學

어제 뭐 먹었어요?

비빔밥을 먹었어요.

음식 食物

비빔밥　　김치찌개　　된장찌개　　순두부찌개

갈비탕　　삼계탕　　불고기　　삼겹살

냉면　　국수　　밥　　김치

| 김밥 | 라면 | | 치킨 | 돈가스 |
| 떡볶이 | 만두 | | 피자 | 햄버거 |

1 다음과 같이 이야기해 봐요.

請照著以下的範例說說看。

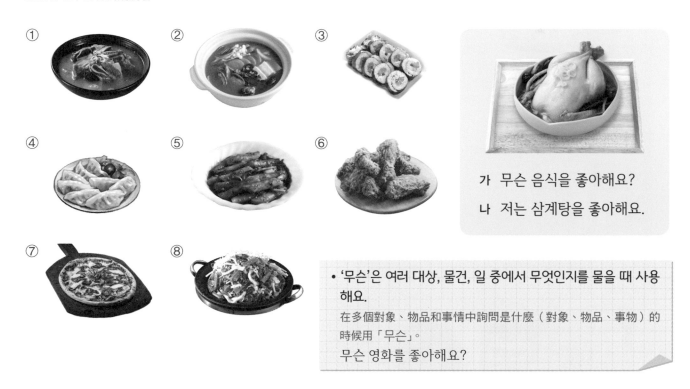

① ② ③

④ ⑤ ⑥

가 무슨 음식을 좋아해요?

나 저는 삼계탕을 좋아해요.

⑦ ⑧

- '무슨'은 여러 대상, 물건, 일 중에서 무엇인지를 물을 때 사용해요.

  在多個對象、物品和事情中詢問是什麼（對象、物品、事物）的時候用「무슨」。

  무슨 영화를 좋아해요?

2 여러분은 무슨 음식을 좋아해요? 무슨 음식을 안 좋아해요? 친구하고 이야기해 봐요.

大家喜歡什麼食物？不喜歡什麼食物？請跟朋友聊一聊。

 맛이 어때요?

 조금 셔요.

맛 味道

짜다

달다

시다

쓰다

맵다

싱겁다

1 다음과 같이 이야기해 봐요.
請照著以下的範例說說看。

맵다 〇

가 김치가 매워요?
나 네, 조금 매워요.

달다 ✕

가 김치가 달아요?
나 아니요, 안 달아요.

① 짜다 〇

② 달다 ✕

③ 맵다 〇

④ →레몬
시다 〇

⑤ 쓰다 ✕

⑥ 맵다 ✕

⑦ 달다 〇

⑧ 짜다 ✕

⑨ 쓰다 〇

2 무엇이 매워요? 무엇이 짜요? 친구하고 이야기해 봐요.
什麼東西辣？什麼東西鹹？請跟朋友聊一聊。

3

뭐 먹을래요?

만두를 먹을래요.

1) 가 뭐 먹을래요?
   나 저는 김밥을 먹을래요.

2) 가 저는 커피를 마실래요. 두엔 씨는 뭐 마실래요?
   나 저도 커피를 마실래요.

3) 가 오늘도 도서관에 가요?
   나 아니요, 안 갈래요. 집에서 쉴래요.

• '도'는 앞의 것에 뒤의 것이 더해짐을 나타내요.
「도」表示後面的事物也跟前面的一樣。

가 저는 학생이에요.
나 저도 학생이에요.

-(으)ㄹ래요   ▼   🔍

• 자신의 의향을 말하거나 상대방의 의향을 물을 때 사용한다.
在表現自身意向或詢問對方意向時使用。

받침이 있을 때	-을래요	먹을래요
받침이 없거나 'ㄹ' 받침일 때	-ㄹ래요	갈래요 만들래요

1 다음과 같이 이야기해 봐요.
請照著以下的範例說說看。

가 뭐 먹을래요?
나 떡볶이를 먹을래요.

먹다

마시다

2 다음과 같이 이야기해 봐요.

請照著以下的範例說說看。

가 저는 갈비탕을 먹을래요. ○○ 씨는요?

| ㅇ | 삼겹살 | ✗ |

나 저도 갈비탕을 먹을래요.

나 저는 삼겹살을 먹을래요.

나 저는 안 먹을래요.

① ㅇ

② ✗

③ 콜라

④ ✗

⑤ 떡볶이

⑥ ㅇ

3 여러분은 오늘 무엇을 할래요? ✔ 하고 이야기해 봐요.
大家今天想要做什麼？請用 ✔ 勾選出來，然後聊一聊。

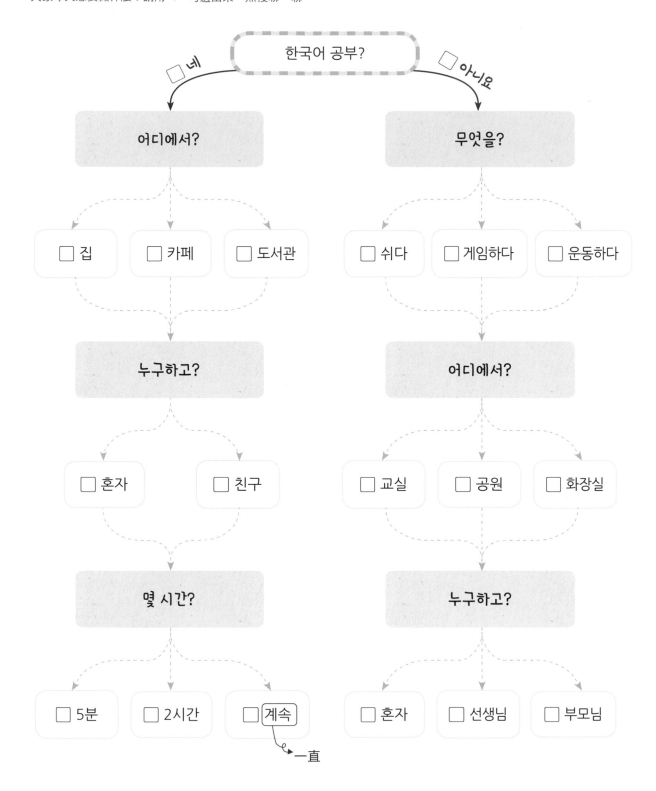

뭘 드릴까요?

뭘 드시겠어요?

주문하시겠어요?

라면 두 개하고 김밥 한 개 주세요.

• 음식을 주문할 때 '한 개'를 '하나'로도 말할 수 있어요.
  在點餐時，「한 개」（一個）也可以說成「하나」。

1 다음 메뉴를 보고 친구하고 이야기해 봐요.
請看看以下的菜單後，跟朋友聊一聊。

①

메 뉴	개수
김치찌개	
순두부찌개	1
된장찌개	1

②

메 뉴	개수
햄버거	2
치킨	
콜라	2
주스	

③

메 뉴	개수
라면	
만두	1
떡볶이	2

④

메 뉴	개수
삼계탕	
갈비탕	
냉면	3

5

뭘 드시겠어요?

냉면 주세요.

1) 가 주문하시겠어요?

　　나 네, 불고기 삼 인분 주세요.

2) 가 이 식당은 뭐가 맛있어요?

　　나 김치찌개가 맛있어요. 김치찌개를 드세요.

　　　　　　　　기다리다 等待

3) 가 여기에서 기다리세요.

　　나 네, 알겠어요.

> • 불고기, 삼겹살 같은 음식의 수량은 '인분'으로 말해요.
> 烤肉、五花肉等食物的數量用「인분」（人份）來表示。

-(으)세요 ▾ 🔍

• 상대방에게 그 행동을 하도록 명령할 때 사용한다.
請（命令）對方做出該行動時使用。

• '먹다', '마시다'는 '드세요'로, '자다'는 '주무세요'로 쓴다.
「먹다」（吃）、「마시다」（喝）以「드세요」（請用）；「자다」（睡覺）以「주무세요」（請就寢）來使用。

---

1 다음과 같이 이야기해 봐요. 請照著以下的範例說說看。

①

②

가 뭘 드릴까요?
나 비빔밥 주세요.

③

④

⑤

⑥

2 다음과 같이 이야기해 봐요.
請照著以下的範例說說看。

> 가 책을 읽으세요.
> 나 네, 알겠어요.

✔ 책	물	공책	먹다	선생님	이야기	여기
쓰다	이름	카페	만두	칠판	음악	이야기하다
오늘	과자	친구	전화하다	저녁	듣다	옷
마시다	집	주스	갈비탕	✔ 읽다	커피	내일

3 친구의 말을 듣고 그대로 하세요.
請聽朋友說的話，並照著做。

한 번 더 연습해요 請再練習一次

1 다음 대화를 들어 보세요.
請聽聽以下的對話。

　1) 여기는 어디예요?
　　　這是哪裡？

　2) 두 사람은 무엇을 먹어요?
　　　兩個人在吃什麼？

　3) 순두부찌개는 맛이 어때요?
　　　豆腐鍋的味道如何？

2 다음 대화를 연습해 보세요.
請練習以下的對話。

 지아 씨, 뭐 먹을래요?

저는 순두부찌개를 먹을래요.

 순두부찌개는 맛이 어때요?

조금 매워요. 그렇지만 맛있어요.

 매워요? 그럼 저는 삼계탕을 먹을래요.

3 여러분도 이야기해 보세요.
大家也請聊一聊。

1)

2)

3)

이제 해 봐요 現在請試一試

들어요

1 다음은 식당에서의 대화입니다. 잘 듣고 질문에 답해 보세요.

以下是在餐廳中的對話，請仔細聽完後，回答問題。

1) 두 사람은 무엇을 먹어요? ✔ 하세요.
両個人在吃什麼？請用 ✔ 勾選出來。

메 뉴	개수
김치찌개	
된장찌개	
갈비탕	
비빔밥	
냉면	

2) 들은 내용과 같으면 ◯, 다르면 ✕에 표시하세요.
與聽到的內容一致時請標示 ◯，不同時請標示 ✕。

① 여자는 갈비탕을 좋아해요.　　　◯　✕

② 이 식당 비빔밥은 안 매워요.　　◯　✕

말해요

1 메뉴를 보고 음식을 주문하는 대화를 해 보세요.
請進行看菜單點餐的對話。

1) 메뉴를 보세요. 무슨 음식이 있어요? 무엇을 먹을래요?
請看菜單，有些什麼食物？想吃什麼？

2) 식당 종업원하고 손님이 되어서 이야기하세요.
請扮成餐廳服務生來和顧客來聊一聊。

MENU	
비빔밥 · · · · · · · ·	8,000
김치찌개 · · · · · · ·	8,000
된장찌개 · · · · · · ·	8,000
순두부찌개 · · · · ·	8,000
갈비탕 · · · · · · · ·	10,000
김치 국수 · · · · · ·	5,000

MENU	
떡볶이 · · · · · · · ·	5,000
만두 · · · · · · · · ·	5,000
김밥 · · · · · · · · ·	4,000
라면 · · · · · · · · ·	4,000

읽어요

1 다음은 두엔 씨가 한국 음식을 소개하는 글입니다. 잘 읽고 질문에 답해 보세요.
以下是杜安介紹韓國食物的文章。請仔細閱讀後，回答問題。

    저는 베트남 사람이에요. 한국에 두 달 전에 왔어요. 저는 한국 음식을 안 먹고, 보통 베트남 음식을 먹어요. 한국 음식은 많이 매워요. 어제는 한국 친구하고 한국 식당에 갔어요. 거기에서 불고기를 처음 먹었어요. 불고기는 안 매웠어요. 아주 맛있었어요.

初次

1) 두엔 씨는 보통 한국 음식을 먹어요?
   杜安通常會吃韓國食物嗎？

2) 두엔 씨는 어제 무엇을 먹었어요?
   杜安昨天吃了什麼？

3) 그 음식은 어땠어요?
   那食物如何？

써요

1 여러분이 먹은 한국 음식에 대해 써 보세요.
請針對大家吃過的韓國食物寫一篇文章。

1) 여러분이 먹은 음식 중에서 무엇이 제일 맛있었어요? 메모하세요.
在大家吃過的食物中最好吃的是什麼？請記下來。

무엇을 먹었어요?	
어디에서 먹었어요?	
맛이 어땠어요?	
별점	☆ ☆ ☆ ☆ ☆

2) 메모한 내용을 바탕으로 글을 쓰세요.
請以記下的內容為基礎寫一篇文章。

한국인이 좋아하는 한국 음식
韓國人喜歡的韓國食物

● 여러분은 무슨 한국 음식을 좋아해요? 한국 사람들은 무슨 한국 음식을 좋아할까요?
  大家喜歡吃什麼韓國食物呢？韓國人又喜歡什麼韓國食物呢？

韓國人最喜歡的韓國食物是「김치찌개」（泡菜湯），第二是「된장찌개」（大醬湯），第三是大家也非常喜歡的「불고기（烤肉）。除此之外，韓國人喜歡的韓國食物依次是「치킨」（炸雞）、「비빔밥」（拌飯）、「잡채」（雜菜）和「삼겹살」（五花肉）。

● 여러분은 이 중에서 무엇을 먹어 보고 싶어요? 여러분 나라에서 인기 있는 음식은 무엇이에요?
  在這些食物中大家想吃什麼？在大家的國家裡最受歡迎的食物是什麼？

자기 평가
自我評價

이번 과 공부는 어땠어요? 별점을 매겨 보세요!
這一課學習得如何？請用星星打分數！

| 음식에 대해 묻고 답할 수 있어요? | ☆☆☆☆☆ |

9

휴일

假日

💡 생각해 봐요 請想想看 **091**

1 웨이 씨와 두엔 씨는 주말에 무엇을 했어요?
王偉和杜安週末做了什麼？

2 여러분은 주말에 무엇을 해요?
大家週末都做什麼？

🚲 학습 목표 學習目標

휴일 활동에 대해 묻고 답할 수 있다.
能針對假日活動進行提問與回答。

⚪ 쉬는 날, 휴일 활동
⚫ -(으)ㄹ 것이다, -고 싶다

배워요 請學一學

1

휴일이 언제예요?

13일이에요.

쉬는 날 休息日

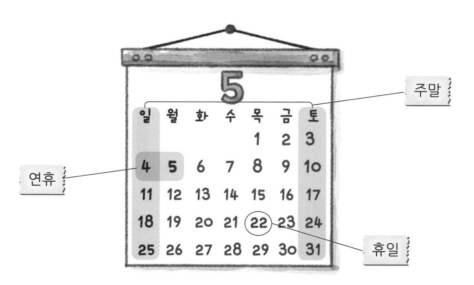

5

일	월	화	수	목	금	토
				1	2	3
4	5	6	7	8	9	10
11	12	13	14	15	16	17
18	19	20	21	22	23	24
25	26	27	28	29	30	31

주말

연휴

휴일

휴가

방학

1 달력을 보고 다음과 같이 이야기해 봐요. 看完月曆後，請照著範例說說看。

가 연휴가 언제예요?

나 12일부터 14일까지예요.

① 휴가

② 방학

> • 기간이나 시간의 처음과 끝을 같이 말할 때는 '(언제)부터 (언제)까지'를 사용해요.
> 表現一段期間或時間的開始與結束時使用「(언제)부터 (언제)까지」。
> 9시부터 1시까지 한국어를 공부해요.

2 여러분은 휴일이 언제예요? 방학이 언제부터 언제까지예요? 친구하고 이야기해 봐요.
大家什麼時候放假？寒暑假是從什麼時候到什麼時候？請跟朋友聊一聊。

집에서 쉬다

청소하다

빨래하다

게임을 하다

산책하다

쇼핑하다

구경하다

사진을 찍다

영화를 보다

춤을 배우다

요리를 배우다

콘서트에 가다

놀이공원에 가다

박물관에 가다

고향에 가다

여행을 가다

1 다음과 같이 이야기해 봐요.
請照著以下的範例說說看。

가 지난 주말에 뭐 했어요?

나 영화를 봤어요.

①

②

③

④

⑤

⑥

⑦

⑧

2 여러분은 지난 주말에 무엇을 했어요? 친구하고 이야기해 봐요.
大家上週末做了什麼？請跟朋友聊一聊。

3

이번 주말에 뭐 할 거예요?

콘서트에 갈 거예요.

1) 가 주말에 무엇을 할 거예요?
   나 친구하고 놀 거예요.

2) 가 언제 고향에 갈 거예요?
   나 다음 달에 갈 거예요.

3) 가 내일 뭐 할 거예요?
   나 공원에 갈 거예요. 거기에서 산책을 하고 사진도 찍을 거예요.

> **-(으)ㄹ 것이다** ▼ 🔍
>
> - 앞으로의 할 일이나 계획을 나타낸다.
>   表現未來要做的事情或計畫。
>
> - 일상 대화에서는 '-(으)ㄹ 거예요'나 '-(으)ㄹ 것이에요'로 말한다.
>   在日常對話中用「-(으)ㄹ 거예요」或「-(으)ㄹ 것이에요」來表達。

1 다음과 같이 이야기해 봐요.
請照著以下的範例說說看。

① 주말 / 놀이공원, 가다

② 방학 / 고향, 가다

③ 내년 / 여행, 가다

④ 오늘 / 집, 책, 읽다

⑤ 주말 / 친구 집, 저녁, 먹다

⑥ 이번 휴일 / 한강, 사진, 찍다

⑦ 일요일 / 강남, 친구, 놀다

⑧ 내일 / 집, 음악, 듣다

⑨ 오늘 저녁 / 부모님, 전화하다

⑩ 다음 주 / 콘서트, 가다

⑪ 다음 달 / 한국 요리, 배우다

⑫ 오후 / 집, 있다

> 주말 / 친구, 만나다
>
> 가 주말에 뭐 할 거예요?
> 나 친구를 만날 거예요.

2 여러분은 무엇을 할 거예요? 친구하고 이야기해 봐요.
大家要做什麼？請跟朋友聊一聊。

| 수업 후 | 내일 | 이번 주말 |

1) 가 이번 휴일에 뭐 하고 싶어요?
　나 저는 인사동을 구경하고 싶어요.

2) 가 저는 연휴에 고향에 갈 거예요. 카밀라 씨는요?
　나 저도 고향에 가고 싶어요. 그렇지만 일이 많아요.
　　　　　　　　　　　　　　　→ 但是、可是

3) 가 하준 씨, 생일 축하해요. 이거 선물이에요.
　나 저도 이 책 읽고 싶었어요. 고마워요.　　→ 禮物
　　　　↘祝賀生日快樂

-고 싶다 🔍

● 말하는 사람의 희망이나 바람을 나타낸다.
　表現說話人的希望或願望。

1 다음과 같이 이야기해 봐요.
請照著以下的範例說說看。

> 방학
>
> 콘서트, 가다
>
> 가 방학에 뭐 하고 싶어요?
> 나 콘서트에 가고 싶어요.

① 휴일 │ 서울, 구경하다

② 방학 │ 여행, 가다

③ 연휴 │ 집, 쉬다

④ 주말 │ 친구, 놀이공원, 가다

⑤ 방학 │ 춤, 배우다

⑥ 휴일 │ 공원, 사진, 찍다

2 여러분은 무엇을 하고 싶어요? 친구들하고 이야기해 봐요.
大家想要做什麼？請跟朋友聊一聊。

이번 주말   연휴   방학

● 그림을 보고 남자가 되어 이야기해 봐요.
請看圖片並站在男人的角度聊一聊。

한 번 더 연습해요 請再練習一次

1 다음 대화를 들어 보세요.
請聽聽以下的對話。

   1) 두 사람은 무엇에 대해 이야기해요?
     兩個人在聊什麼話題？

   2) 두 사람은 방학에 무엇을 할 거예요?
     兩個人寒暑假要做什麼？

2 다음 대화를 연습해 보세요.
請練習以下的對話。

 이번 방학에 뭐 할 거예요?

저는 여행을 갈 거예요.

 어디에 갈 거예요?

제주도에 갈 거예요.
두엔 씨는 뭐 할 거예요?

 고향 친구를 만나고 싶어요.
그래서 고향에 갈 거예요.

3 여러분도 이야기해 보세요.
大家也請聊一聊。

1) 주말

| 가 | 음악, 듣다 |
| 나 | 서울, 구경하다 |

2) 연휴

| 가 | 친구, 놀다 |
| 나 | 콘서트, 가다 |

3) 방학

| 가 | 여행, 가다 |
| 나 | 요리, 배우다 |

이제 해 봐요 現在請試一試

 1 다음은 휴일 활동에 대한 대화입니다. 잘 듣고 질문에 답해 보세요.

以下是關於假日活動的對話。請仔細聽完後，回答問題。

1) 남자의 휴가는 언제예요? 쓰세요.

男人的休假是什麼時候？請寫出來。

2) 남자는 휴가에 무엇을 할 거예요? 모두 고르세요.

男人在休假時要做什麼？請全部選出來。

①

②

③

④

⑤

⑥

말해요

1 여러분의 휴일 계획을 이야기해 보세요.
請說說大家的假日計畫。

1) 달력을 보세요. 다음 휴일, 연휴, 방학이 언제예요? 확인하세요.
   請看看月曆，下一個假日、連假、寒暑假是什麼時候？請確認一下。

2) 여러분은 그때 무엇을 할 거예요? 메모하세요.
   那時大家會做什麼？請記下來。

휴일	
연휴	
방학	

3) 메모를 바탕으로 친구하고 이야기하세요.
   請以記下的內容為基礎跟朋友聊一聊。

읽어요

1 다음은 미아 씨의 방학 계획에 대한 글입니다. 잘 읽고 질문에 답해 보세요.
以下是關於米婭寒暑假計畫的文章。請仔細讀完後，回答問題。

저는 두 달 전에 한국에 왔어요. 서울을 구경하고 싶었어요. 그렇지만 수업이 많았어요. 조금 바빴어요. 다음 주 화요일부터 방학이에요. 저는 방학에 친구하고 서울을 구경할 거예요. 경복궁하고 한강 공원에 갈 거예요. 거기에서 사진을 많이 찍고 싶어요.

1) 미아 씨는 방학이 언제예요?
　　米婭什麼時候放寒暑假？

2) 미아 씨는 방학에 무엇을 할 거예요?
　　米婭寒暑假時要做什麼？

1 여러분의 방학 계획을 써 보세요.
請寫一寫大家的寒暑假計畫。

1) 방학에 무엇을 할 거예요? 메모하세요.
　　寒暑假要做些什麼？請簡單記下來。

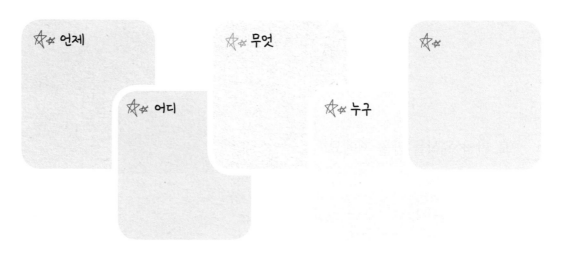

☆☆ 언제

☆☆ 무엇

☆☆

☆☆ 어디

☆☆ 누구

2) 메모한 내용을 바탕으로 글을 쓰세요.
　　請以記下的內容為基礎寫一篇文章。

발음 소리 내어 읽기 2 朗讀 2

● 다음을 읽어 보세요. 시간이 얼마나 걸렸어요? **094**
請讀出以下的內容。花了多長時間？

1)
　　어제는 휴일이었어요. 그래서 학교에 안 갔어요. 오전에는 집에서 쉬었어요. 청소를 하고 빨래를 했어요. 오후에는 서울을 구경했어요. 경복궁에도 가고 남산서울타워에도 갔어요. 정말 아름다웠어요. 다음 휴일에는 다른 곳에 가 보고 싶어요.

2)
　　저는 삼 개월 전에 한국에 왔어요. 지금 한국에서 혼자 살아요. 한국 음식을 좋아해서 자주 먹어요. 삼계탕도 좋아하고 비빔밥도 좋아해요. 지난주에는 집에서 비빔밥을 만들었어요. 조금 어려웠지만 재미있었어요. 다음 주에도 한국 음식을 만들 거예요.

● 다시 읽어 보세요. 이번에는 틀리지 말고 정확히 읽어 보세요.
請再讀一次。這次請不要讀錯，準確地讀出來。

● 이번에는 30초 안에 읽어 보세요.
這次請在30秒內讀完。

자기 평가
自我評價

이번 과 공부는 어땠어요? 별점을 매겨 보세요!
這一課學習得如何？請用星星打分數！

휴일 활동에 대해 말할 수 있어요?	☆☆☆☆☆

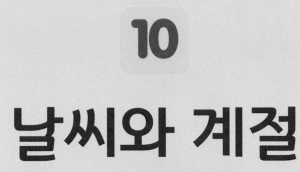

10
날씨와 계절
天氣與季節

생각해 봐요 請想想看 101

1 웨이 씨는 어느 계절을 좋아해요?
王偉和智雅喜歡哪個季節？

2 여러분은 어느 계절을 좋아해요?
大家喜歡哪個季節？

학습 목표 學習目標

날씨와 계절에 대해 묻고 답할 수 있다
能針對天氣與季節進行提問與回答。

- 계절, 날씨, 계절의 특징·활동
- 못, -아서/어서/여서

배워요 請學一學

어느 계절을 좋아해요?

저는 봄을 좋아해요.

계절 季節

봄

여름

가을

겨울

1 여러분은 어느 계절을 좋아해요? 어느 계절을 싫어해요? 친구하고 이야기해 봐요.

大家喜歡哪個季節?討厭哪個季節?請跟朋友聊一聊。

날씨 天氣

따뜻하다

맑다

흐리다

덥다

비가 오다

눈이 오다

바람이 불다

시원하다

춥다

날씨가 좋다

날씨가 나쁘다

1 다음과 같이 이야기해 봐요.
請照著以下的範例說說看。

맑다

가 날씨가 맑아요?
나 네, 맑아요.

맑다

가 날씨가 맑아요?
나 아니요, 비가 와요.

① 시원하다

② 날씨가 좋다

③ 따뜻하다

④ 흐리다

⑤ 비가 오다

⑥ 바람이 불다

• '비가 오다', '눈이 오다', '바람이 불다' 앞에는 '날씨가'를 안 써요.
「비가 오다」、「눈이 오다」、「바람이 불다」前方不使用「날씨가」。

2 날씨가 어때요? 지도를 보고 이야기해 봐요.
天氣如何？請看地圖說說看。

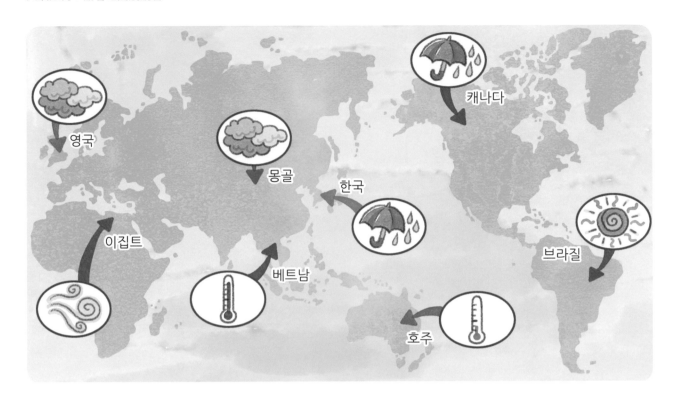

3 오늘 날씨가 어때요? 어제 날씨가 어땠어요? 친구하고 이야기해 봐요.
今天的天氣如何？昨天的天氣如何？請跟朋友聊一聊。

꽃이 피다

수영하다

단풍이 들다

스키를 타다

꽃구경을 하다

바닷가에 가다

단풍 구경을 하다

눈사람을 만들다

1 여러분은 봄, 여름, 가을, 겨울에 보통 무엇을 해요? 친구하고 이야기해 봐요.

大家在春、夏、秋、冬季通常會做什麼？請跟朋友聊一聊。

1) 가 방학에 고향에 갔어요?

　　나 일이 많았어요. 그래서 못 갔어요.

2) 가 두엔 씨, 숙제했어요? → 숙제하다 做作業

　　나 아니요, 숙제 못 했어요.

3) 가 커피 마실래요?

　　나 아니요, 저는 커피를 안 마셔요. 잠을 못 자요.
　　　　　　　　　　　　　　　　　　　 → (睡)覺

4) 가 지금 선생님 이야기를 들었어요?

　　나 아니요, 저도 못 들었어요.

못 　　　　　　　　　　　　　　　　　　　　▼ 🔍

• 동사 앞에 쓰여 어떤 행동을 할 능력이 없거나 할 상황이 안 됨을 나타낸다.

　用於動詞之前，表現不具備做某種行動的能力或狀況。

• '명사＋하다'의 동사는 '명사＋못＋하다'의 형태로 쓴다.

　「名詞+하다」的動詞以「名詞+못+하다」的形態來使用。

1 다음과 같이 이야기해 봐요.
請照著以下的範例說說看。

① 친구, 만나다

② 꽃구경, 하다

③ 많이, 자다

④ 옷, 사다

⑤ 출근하다

⑥ 스키, 타다

⑦ 부모님, 전화하다

⑧ 고향 음식, 먹다

> 단풍 구경, 하다
>
> 가 어제 단풍 구경을 했어요?
> 나 아니요, 단풍 구경을 못 했어요.

2 한국에서 무엇을 하고 싶었어요? 그것을 했어요? 못 했어요? 다음과 같이 친구하고 이야기해 봐요.
想在韓國做什麼？做了嗎？沒能做嗎？請照著以下的範例跟朋友聊一聊。

놀이공원에 가다	부산에 가다	제주도에 여행을 가다	콘서트에 가다
춤을 배우다	한국 요리를 배우다	한강 공원에서 치킨을 먹다	한국 친구를 사귀다
홍대에서 놀다	경복궁을 구경하다	이태원을 구경하다	?

> 가 한국에서 뭐 하고 싶었어요?
> 나 부산에 가고 싶었어요. 그렇지만 못 갔어요.

5

봄을 좋아해요?

네, 날씨가 따뜻해서 봄을 좋아해요.

1)　가　왜 여름을 싫어해요?

　　나　너무 더워서 안 좋아해요.
　　　　　↳太

2)　가　밖에 날씨가 어때요?

　　나　바람이 많이 불어서 조금 추워요.

3)　가　어제 꽃구경을 잘했어요?
　　　　　　　　　↳잘하다 （做得）好

　　나　아니요, 일이 많아서 못 했어요.

4)　가　오늘 우리 집에 올래요?

　　나　미안해요. 오늘은 피곤해서 집에 가고 싶어요.
　　　　　　　　　　　↳피곤하다 累

-아서/어서/여서		▼ 🔍

• 뒤의 내용에 대한 이유를 나타낸다.

表現對於後文的理由。

'ㅏ/ㅗ'일 때	-아서	좋아서
'ㅏ/ㅗ'가 아닐 때	-어서	불어서
'하다'일 때	-여서	하여서 ➡ 해서

• 이유를 물을 때는 '왜'로 질문해요.

在詢問理由時使用「왜」（為什麼）來提問。

왜 봄을 좋아해요?

1 다음과 같이 이야기해 봐요.
請照著以下的範例說說看。

① 봄 　 꽃이 많이 피다 　 ② 여름 　 방학이 있다

③ 여름 　 휴가가 있다 　 ④ 가을 　 안 덥다

⑤ 가을 　 단풍이 들다 　 ⑥ 겨울 　 눈이 오다

봄

따뜻하다

가 왜 봄을 좋아해요?
나 따뜻해서 좋아해요.

2 다음과 같이 이야기해 봐요.
請照著以下的範例說說看。

비싸다 　 싸다

✔ 못 사다 　 아프다 　 맛있다 　 사다 ✔

못 먹다 　 바쁘다 　 예쁘다 ✔ 　 많이 먹다

못 하다 　 ✔ 돈이 없다 　 좋아하다 　 사진을 찍다

날씨가 나쁘다 　 날씨가 좋다

가 왜 못 샀어요? 　 가 왜 샀어요?
나 돈이 없어서 못 샀어요. 　 나 예뻐서 샀어요.

3 여러분은 왜 한국어를 배워요? 친구하고 이야기해 봐요.
大家為什麼學習韓語？請跟朋友聊一聊。

한 번 더 연습해요 請再練習一次

1 다음 대화를 들어 보세요.
請聽聽以下的對話。

1) 웨이 씨는 어제 무엇을 했어요? 어땠어요?
王偉昨天做了什麼？做得如何？

2) 두엔 씨는 왜 못 갔어요?
杜安為什麼沒辦法去？

2 다음 대화를 연습해 보세요.
請練習以下的對話。

 웨이 씨, 어제 단풍 구경을 잘했어요?

네, 단풍이 예쁘고 날씨도 시원해서 아주 좋았어요.
그런데 두엔 씨는 왜 안 왔어요?

 저는 아파서 못 갔어요.

3 여러분도 이야기해 보세요.
大家也請聊一聊。

1) 꽃구경, 잘하다	2) 바닷가, 가다	3) 스키, 타다
가　바쁘다	가　일, 있다	가　숙제, 있다
나　꽃, 많이 피다 / 날씨, 맑다	나　수영, 하다 / 날씨, 좋다	나　눈, 많이 오다 / 재미있다

이제 해 봐요 現在請試一試

들어요

1 다음은 좋아하는 계절에 대한 대화입니다. 잘 듣고 질문에 답해 보세요.
以下是關於喜歡的季節的對話。請仔細聽完後，回答問題。

1) 두 사람은 어느 계절을 좋아해요?
兩個人喜歡哪個季節？請寫下來。

카밀라		하준	

2) 들은 내용과 같으면 〇, 다르면 ✕에 표시하세요.
與聽到的內容一致時請標示 〇，不同時請標示 ✕ 。

① 카밀라 씨는 한국에서 꽃구경을 했어요.　　〇　✕

② 하준 씨는 스키를 좋아해요.　　〇　✕

말해요

1 여러분은 어느 계절을 좋아해요? 어느 계절을 싫어해요? 친구하고 이야기해 보세요.
大家喜歡哪個季節？討厭哪個季節？請跟朋友聊一聊。

1) 좋아하는 계절과 이유, 싫어하는 계절과 이유를 메모하세요.
請記下喜歡的季節與理由，以及討厭的季節與理由。

	계절	이유
좋아하는 계절		
싫어하는 계절		

2) 좋아하는 계절과 싫어하는 계절에 대해 친구하고 이야기하세요.
請針對喜歡的季節和討厭的季節跟朋友聊一聊。

읽어요

1 다음은 좋아하는 계절을 소개한 글입니다. 잘 읽고 질문에 답해 보세요.
以下是介紹喜歡的季節的文章，請仔細讀完後，回答問題。

저는 봄하고 가을을 좋아해요. 봄은 따뜻하고 꽃이 많이 피어서 좋아해요. 그리고 가을은 시원해서 좋아해요. 지난봄에 한국에서 친구들하고 꽃구경을 했어요. 아주 재미있었어요. 가을에는 단풍 구경을 할 거예요. 단풍 사진을 많이 찍고 싶어요.

1) 이 사람은 어느 계절을 좋아해요? 모두 고르세요.
   這個人喜歡哪個季節？請全部選出來。

① 　② 　③ 　④

2) 이 사람은 봄에 무엇을 했어요?
   這個人在春季做了什麼？

3) 이 사람은 가을에 무엇을 하고 싶어 해요?
   這個人秋季時想做什麼？

써요

1 여러분이 좋아하는 계절에 대해 써 보세요.

請針對大家喜歡的季節寫一篇文章。

1) 어느 계절을 좋아해요? 날씨가 어때요? 보통 무엇을 해요? 메모하세요.

喜歡哪個季節？天氣如何？通常會做什麼？請記下來。

어느 계절?	
그 계절 날씨?	
보통 무엇?	

2) 메모한 것을 바탕으로 글을 쓰세요.

請以記下的內容為基礎寫一篇文章。

문화 한국의 사계절과 날씨 韓國的四季與天氣

- 한국의 봄, 여름, 가을, 겨울의 날씨는 어떨까요?
  韓國春、夏、秋、冬的天氣如何？

| 봄 | 여름 |
| 가을 | 겨울 |

韓國有春季、夏季、秋季和冬季。春季溫暖有風，偶爾會因霧霾讓人感覺不適。夏季非常炎熱，並且由於經常下雨較為潮濕。秋季天氣涼爽，十分晴朗，冬季下雪，極為寒冷。秋冬季節較為乾燥。

- 제일 더울 때와 제일 추울 때는 어느 정도예요?
  最熱和最冷的時候能達到什麼程度？

韓國的最高氣溫約為37℃左右，通常7月末8月初最熱。最低氣溫約為-20℃左右，1月份最冷。所以如果想來韓國，就避開這些時候吧！

- 여러분의 나라는 어느 계절이 있어요? 날씨가 어때요? 소개해 보세요.
  大家的國家有那些季節呢？天氣如何？請介紹一下。

이번 과 공부는 어땠어요? 별점을 매겨 보세요!
這一課學習得如何？請用星星打分數！

자기 평가
自我評價

| 날씨와 계절에 대해 묻고 답할 수 있어요? | ☆☆☆☆☆ |

정답

0과 한글

04 1) ① 2) ② 3) ① 4) ①
5) ② 6) ② 7) ① 8) ①

06 1) ② 2) ③ 3) ② 4) ①
5) ②

07 1) 야 2) 보 3) 리 4) 휴
5) 누나 6) 아기

08 1) ① 2) ② 3) ① 4) ②
5) ①

09 가로수 – 수소 – 소나기 – 기자,
가르마 – 치마 – 치과 – 과자

12 1) ② 2) ① 3) ① 4) ①
5) ①

14 1) 꼬마 2) 조끼 3) 아빠 4) 짜리
5) 쓰레기 6) 머리띠

15 1) ② 2) ① 3) ② 4) ②
5) ①

17 1) 안 2) 달 3) 숲 4) 밥
5) 눈물 6) 수업 7) 감기 8) 딸기
9) 사랑 10) 우산

1과 인사

🎧 들어요

1) **타넷**: 태국 **빅토리아**: 영국
2) **타넷**: 학생 **빅토리아**: 회사원

📖 읽어요

1) **A** 이현수예요. **B** 노엘라 그린이에요.
2) **A** 한국 사람이에요. **B** 프랑스 사람이에요.
3) **A** 네, 학생이에요. **B** 아니요, 가수예요.

2과 일상생활 I

🎧 들어요

1) ② 2) ③

📖 읽어요

1) ②, ④, ⑤ 2) ③

3과 일상생활 II

🎧 들어요

1) ① 2) ① ♡ ② ✕

📖 읽어요

1) ③
2) 일이 많아요. 바빠요.
3) ①

4과 장소

🎧 들어요

1) **웨이**: 친구 집에 가요 **두엔**: 사무실에 가요.
2) ③

읽어요

1) 카페에 가요.
2) ①, ③, ⑤, ⑥

5과 물건 사기

듣어요

1) ②   2) ②

읽어요

1) 치약, 칫솔, 휴지
2) 2,500원
3) 2개

6과 하루 일과

듣어요

1) ③, ⑦, ⑧   2) ②

읽어요

1) 네, 학교에 가요.
2) 12시 30분에 점심을 먹어요.
3) 오후 8시에 해요.

7과 한국 생활

듣어요

1) 작년에 한국에 왔어요.
2) 한국 친구를 사귀고 한국 음식을 많이 먹었어요.

읽어요

1) 지난달에 왔어요.
2) 친구를 사귀었어요. 친구들하고 놀고 이야기도 하고 공부도 했어요.
3) 재미있고 좋아요.

8과 음식

듣어요

1)

2) ① ✗   ② ◯

읽어요

1) 아니요, 안 먹어요.
2) 불고기를 먹었어요.
3) 안 매웠어요. 맛있었어요.

9과 휴일

듣어요

1) 다음 주 월요일부터 목요일까지예요.
2) ②, ③

읽어요

1) 다음 주 화요일부터 방학이에요.
2) 서울을 구경할 거예요. 경복궁하고 한강 공원에 갈 거예요. (사진을 찍을 거예요.)

10과 날씨와 계절

듣어요

1) **카밀라**: 봄을 좋아해요.   **하준**: 겨울을 좋아해요.
2) ① ✗   ② ◯

읽어요

1) ①, ③
2) 꽃구경을 했어요.
3) (단풍 구경을 하고 싶어 해요.) 단풍 사진을 많이 찍고 싶어 해요.

듣기 지문

0과 **한글**

모음 1

01 ㅏ, ㅑ, ㅓ, ㅕ, ㅗ, ㅛ, ㅜ, ㅠ, ㅡ, ㅣ

02 1) ㅏ 2) ㅑ 3) ㅓ 4) ㅕ
5) ㅗ 6) ㅛ 7) ㅜ 8) ㅠ
9) ㅡ 10) ㅣ

자음 1

03 1) ㄱ 2) ㄴ 3) ㄷ 4) ㄹ
5) ㅁ 6) ㅂ 7) ㅅ 8) ㅇ
9) ㅈ 10) ㅊ 11) ㅋ 12) ㅌ
13) ㅍ 14) ㅎ

04 1) ㄱ 2) ㅂ 3) ㅅ 4) ㄴ
5) ㅎ 6) ㅓ 7) ㅗ 8) ㅡ

음절 1

05 1) 거 2) 어 3) 도 4) 러
5) 무 6) 보 7) 서 8) 우
9) 지 10) 추 11) 크 12) 트
13) 노 14) 표 15) 혀

06 1) 다 2) 후 3) 러 4) 도
5) 피

07 1) 야 2) 보 3) 리 4) 휴
5) 누나 6) 아기

08 1) 하루 2) 비지 3) 서로 4) 코리아
5) 아유미

09 가로수 – 수소 – 소나기 – 기자
가르마 – 치마 – 치과 – 과자

모음 2

10 ㅐ, ㅒ, ㅔ, ㅖ, ㅘ, ㅙ, ㅚ, ㅝ, ㅞ, ㅟ, ㅢ

11 1) ㅐ 2) ㅒ 3) ㅔ 4) ㅖ
5) ㅘ 6) ㅙ 7) ㅚ 8) ㅝ
9) ㅞ 10) ㅟ 11) ㅢ

12 1) 놔 2) 기 3) 둬 4) 의
5) 돼

자음 2

13 1) 까 2) 띠 3) 뿌 4) 싸
5) 짜 6) 꼬 7) 뚜 8) 뻐

14 1) 꼬마 2) 조끼 3) 아빠 4) 짜리
5) 쓰레기 6) 머리띠

음절 2

15 1) 갈 2) 논 3) 박 4) 일
5) 숨

16 1) 책 2) 안 3) 문 4) 곧
5) 길 6) 물 7) 밤 8) 선생님
9) 밥 10) 수업 11) 가방 12) 만나요
13) 얼음 14) 입어요
15) 웃어요 16) 걸어와요

17 1) 안 2) 달 3) 숯 4) 밥
5) 눈물 6) 수업 7) 감기 8) 딸기
9) 사랑 10) 우산

1과 인사

011 생각해 봐요

지아   안녕하세요? 저는 김지아예요.
다니엘   안녕하세요? 저는 다니엘이에요.

012 한 번 더 연습해요

지아   안녕하세요? 저는 김지아예요.
다니엘   안녕하세요? 저는 다니엘이에요.
지아   어느 나라 사람이에요?
다니엘   저는 독일 사람이에요. 지아 씨, 학생이에요?
지아   네, 학생이에요.

013 이제 해 봐요

남   안녕하세요? 저는 타넷이에요.
여   안녕하세요? 저는 빅토리아예요. 타넷 씨는 베트남 사람이에요?
남   아니요, 저는 태국 사람이에요.
여   저는 영국 사람이에요. 타넷 씨, 학생이에요?
남   네, 학생이에요. 빅토리아 씨도 학생이에요?
여   아니요, 저는 회사원이에요.

2과 일상생활 I

021 생각해 봐요

카밀라   웨이 씨, 안녕하세요?
웨이   안녕하세요, 카밀라 씨.
카밀라   무엇을 해요?
웨이   음악을 들어요.

022 한 번 더 연습해요

웨이   지아 씨, 오늘 무엇을 해요?
지아   친구를 만나요. 웨이 씨는 무엇을 해요?
웨이   저는 운동을 해요.

023 이제 해 봐요

남   카밀라 씨, 지금 무엇을 해요?
여   음악을 들어요. 다니엘 씨는 커피를 마셔요?
남   아니요, 저는 우유를 마셔요.

3과 일상생활 II

031 생각해 봐요

웨이   두엔 씨, 무엇을 해요?
두엔   한국어 공부를 해요.
웨이   한국어 공부가 재미있어요?
두엔   네, 재미있어요.

032 한 번 더 연습해요

카밀라   웨이 씨, 지금 무엇을 해요?
웨이   영화를 봐요.
카밀라   영화가 어때요?
웨이   재미있어요. 카밀라 씨는 오늘 무엇을 해요?
카밀라   친구를 만나요.

033 이제 해 봐요

여   웨이 씨, 오늘 무엇을 해요?
남   한국 친구를 만나요. 친구하고 운동을 해요.
여   웨이 씨는 한국 친구가 많아요?
남   아니요, 적어요. 두엔 씨는 한국 친구가 많아요?
여   네, 저는 한국 친구가 많아요.

4과　장소

041 생각해 봐요

하준　카밀라 씨, 어디에 가요?
카밀라　카페에 가요.

042 한 번 더 연습해요

하준　카밀라 씨, 오늘 어디에 가요?
카밀라　백화점에 가요.
하준　거기에서 무엇을 해요?
카밀라　안경을 사요. 하준 씨는 오늘 무엇을 해요?
하준　저는 공항에 가요. 공항에서 친구를 만나요.

043 이제 해 봐요

여　웨이 씨, 집에 가요?
남　아니요, 친구 집에 가요.
여　거기에서 무엇을 해요?
남　친구하고 게임을 해요. 두엔 씨는 어디에 가요?
여　저는 사무실에 가요. 사무실에서 선생님을 만나요.

5과　물건 사기

051 생각해 봐요

웨이　우유가 있어요?
점원　네, 거기에 있어요.

052 한 번 더 연습해요

점원　어서 오세요. 무엇을 드릴까요?
지아　라면하고 콜라 있어요?
점원　네, 있어요.
지아　라면 두 개하고 콜라 한 개 주세요.
점원　여기 있어요.
지아　얼마예요?
점원　사천이백 원이에요.

053 이제 해 봐요

남　어서 오세요. 무엇을 드릴까요?
여　빵 있어요?
남　네, 있어요.
여　주스도 있어요?
남　네, 있어요.
여　빵 하나하고 주스 두 개 주세요.
남　네, 모두 삼천구백 원이에요.

6과　하루 일과

061 생각해 봐요

카밀라　저녁에 뭐 해요?
하준　운동을 해요. 그리고 자요.

062 한 번 더 연습해요

지아　다니엘 씨, 아침에 운동을 해요?
다니엘　아니요, 아침에 운동을 안 해요.
지아　그럼 언제 운동을 해요?
다니엘　저녁에 운동을 해요.

063 이제 해 봐요

남　두엔 씨는 아침에 몇 시에 일어나요?
여　일곱 시에 일어나요.
남　그럼 아침을 먹어요?
여　아니요, 아침을 안 먹어요. 커피를 마셔요.
남　학교에는 몇 시에 가요?
여　여덟 시 반에 가요.
남　오후에는 뭐 해요?
여　친구하고 놀아요. 쇼핑을 해요.

7과 한국 생활

071 생각해 봐요

하준 카밀라 씨는 언제 한국에 왔어요?
카밀라 지난달에 왔어요.
하준 한국 생활이 어때요?
카밀라 재미있어요.

072 한 번 더 연습해요

지아 웨이 씨, 언제 한국에 왔어요?
웨이 지난달에 왔어요.
지아 한국에서 무엇을 했어요?
웨이 한국어를 공부하고 한국 친구를 사귀었어요.
지아 한국 생활이 어때요?
웨이 재미있고 좋아요.

073 이제 해 봐요

남 카밀라 씨, 언제 한국에 왔어요?
여 지난달에 왔어요. 무함마드 씨는요?
남 저는 작년에 한국에 왔어요. 카밀라 씨는 한국에서 무엇을 했어요?
여 한국 친구를 사귀고 한국 음식을 많이 먹었어요. 한국 생활이 정말 재미있어요.

8과 음식

081 생각해 봐요

다니엘 여기는 무엇이 맛있어요?
지아 비빔밥이 맛있어요.

082 한 번 더 연습해요

다니엘 지아 씨, 뭐 먹을래요?
지아 저는 순두부찌개를 먹을래요.
다니엘 순두부찌개는 맛이 어때요?
지아 조금 매워요. 그렇지만 맛있어요.
다니엘 매워요? 그럼 저는 삼계탕을 먹을래요.

083 이제 해 봐요

여 뭐 먹을래요?
남 이 식당은 갈비탕이 맛있어요. 나쓰미 씨, 갈비탕을 먹을래요?
여 저는 갈비탕을 안 좋아해요.
남 그래요? 여기는 비빔밥도 맛있어요.
여 안 매워요?
남 네, 안 매워요.
여 그럼 저는 비빔밥을 먹을래요.
남 여기요, 비빔밥 하나하고 갈비탕 하나 주세요.

9과 휴일

091 생각해 봐요

두엔 지난 주말에 뭐 했어요?
웨이 집에서 쉬었어요. 두엔 씨는요?
두엔 저는 친구하고 놀이공원에 갔어요.

092 한 번 더 연습해요

두엔 이번 방학에 뭐 할 거예요?
웨이 저는 여행을 갈 거예요.
두엔 어디에 갈 거예요?
웨이 제주도에 갈 거예요. 두엔 씨는 뭐 할 거예요?
두엔 고향 친구를 만나고 싶어요. 그래서 고향에 갈 거예요.

093 이제 해 봐요

여 다니엘 씨는 휴가가 언제예요?
남 다음 주 월요일부터 목요일까지예요.
여 이번 휴가에 뭐 할 거예요?
남 부산에 여행을 갈 거예요.
여 그래요? 부산에서 뭐 할 거예요?
남 구경을 하고 한국 음식도 많이 먹을 거예요.

10과 날씨와 계절

🎧 101 생각해 봐요

지아 저는 봄을 좋아해요. 웨이 씨는 어느 계절을 좋아해요?

웨이 저는 겨울을 좋아해요.

🎧 102 한 번 더 연습해요

두엔 웨이 씨, 어제 단풍 구경을 잘했어요?

웨이 네, 단풍이 예쁘고 날씨도 시원해서 아주 좋았어요. 그런데 두엔 씨는 왜 안 왔어요?

두엔 저는 아파서 못 갔어요.

🎧 103 이제 해 봐요

남 카밀라 씨는 어느 계절을 좋아해요?

여 저는 봄을 좋아해요.

남 왜 봄을 좋아해요?

여 꽃이 많이 피어서 좋아해요.

남 한국에서 꽃구경을 했어요?

여 아니요, 못 했어요. 하준 씨는 어느 계절을 좋아해요?

남 저는 스키를 좋아해서 겨울을 좋아해요.

발음

2과 연음 1

🎧 024 1) 직업이 무엇이에요?
저는 회사원이에요.

2) 무엇을 해요?
음악을 들어요.

🎧 025 1) 독일 사람이에요.

2) 선생님이 가요.

3) 빵을 먹어요.

4) 공책을 줘요.

5) 이름이 무엇이에요?

6) 저는 이종국이에요.

3과 연음 2

🎧 034 1) 한국 친구가 있어요?
아니요, 없어요.

2) 무엇을 해요?
책을 읽어요.

🎧 035 1) 지우개가 없어요.

2) 텔레비전이 재미없어요.

3) 책을 읽으세요.

4) 여기 앉으세요.

5) 달이 밝아요.

6) 교실이 넓어요.

6과 소리 내어 읽기 1

 1) 안녕하세요? 저는 김민정이에요. 만나서 반갑습니다.

2) 저는 오늘 학교에 가요. 학교에서 한국어를 공부해요.

3) 저는 일본 사람이에요. 한국인 친구가 두 명 있어요.

4) 오후에 백화점에 가요. 옷을 사요. 그리고 신발도 사요.

5) 저는 축구를 좋아해요. 아침에 친구하고 축구를 해요.

(065) 남 안녕하세요? 저는 페르난데스예요. 멕시코 사람이에요. 지금은 한국에서 살아요. 한국 회사에 다녀요. 저는 보통 아침 일곱 시에 일어나요. 아침에 운동을 해요. 그리고 오전 아홉 시부터 오후 여섯 시까지 회사에서 일해요. 저녁은 보통 친구들하고 같이 먹어요. 한국 생활은 재미있어요.

9과 소리 내어 읽기 2

(094) 1) 어제는 휴일이었어요. 그래서 학교에 안 갔어요. 오전에는 집에서 쉬었어요. 청소를 하고 빨래를 했어요. 오후에는 서울을 구경했어요. 경복궁에도 가고 남산서울타워에도 갔어요. 정말 아름다웠어요. 다음 휴일에는 다른 곳에 가 보고 싶어요.

2) 저는 삼 개월 전에 한국에 왔어요. 지금 한국에서 혼자 살아요. 한국 음식을 좋아해서 자주 먹어요. 삼계탕도 좋아하고 비빔밥도 좋아해요. 지난주에는 집에서 비빔밥을 만들었어요. 조금 어려웠지만 재미있었어요. 다음 주에도 한국 음식을 만들 거예요.

어휘 찾아보기 (단원별)

1과

· 나라

한국, 대만, 중국, 일본, 미국, 영국, 독일, 프랑스, 호주, 러시아, 태국, 베트남, 인도, 몽골, 사우디아라비아, 이집트, 브라질, 칠레

· 직업

학생, 선생님, 회사원, 의사, 운동선수, 가수

· 새 단어

친구

2과

· 동작

가요, 와요, 먹어요, 마셔요, 봐요, 만나요, 사요, 자요, 놀아요, 쉬어요, 읽어요, 들어요, 이야기해요/말해요, 써요, 공부해요, 일해요, 전화해요, 운동해요, 줘요

· 물건

책, 공책, 볼펜, 가방, 물, 우유, 커피, 빵, 과자, 텔레비전, 휴대폰/핸드폰, 옷, 우산

· 새 단어

영화, 음악, 오늘, 살다

3과

· 상태

크다, 작다, 많다, 적다, 재미있다, 재미없다, 맛있다, 맛없다, 좋다, 나쁘다, 싸다, 비싸다, 쉽다, 어렵다, 예쁘다, 멋있다, 바쁘다, 아프다, 있다, 없다

· 학교

교실, 사무실, 화장실, 칠판, 책상, 의자, 컴퓨터, 시계, 연필, 지우개, 필통, 안경, 지갑, 돈, 선생님, 학생, 친구

· 새 단어

정말, 우리, 지금

4과

· 장소

집, 학교, 도서관, 회사, 식당, 카페, 가게, 편의점, 시장, 백화점, 우체국, 은행, 병원, 약국, 영화관, 공원, 공항

· 새 단어

게임을 하다, 밥, 방, 알다, 좋아하다, 쇼핑하다

5과

· 가게 물건

물, 우유, 콜라, 주스, 커피, 빵, 라면, 김밥, 과자, 사탕, 초콜릿, 아이스크림, 치약, 칫솔, 비누, 샴푸, 휴지

· 고유어 수

하나, 둘, 셋, 넷, 다섯, 여섯, 일곱, 여덟, 아홉, 열
한 개, 두 개, 세 개, 네 개, 다섯 개, 여섯 개, 일곱 개, 여덟 개, 아홉 개, 열 개

· 한자어 수

일, 이, 삼, 사, 오, 육, 칠, 팔, 구, 십, 십일, 십이, 십삼, 십사, 십오, 십육, 십칠, 십팔, 십구, 이십, 삼십, 사십, 오십, 육십, 칠십, 팔십, 구십, 백, 이백, 삼백… 칠백, 팔백, 구백, 천, 이천… 팔천, 구천, 만, 이만, 삼만… 팔만, 구만, 십만, 백만

- **새 단어**

많이, 조금, 달걀/계란

6 과

- **시 · 분**

한 시, 두 시… 열두 시, 일 분, 이 분… 오십 분, 한 시 일 분, 열한 시 반

- **시간**

아침, 점심, 저녁, 새벽, 낮, 밤, 오전, 오후

- **하루 일과**

일어나다, 씻다, 아침/점심/저녁을 먹다, 학교에 가다, 수업이 시작되다, 수업이 끝나다, 출근하다, 일하다, 쉬다, 퇴근하다, 집에 오다, 음식을 만들다, 샤워하다, 자다

- **새 단어**

언제, 보통, 그리고, 다니다, 혼자, 그러면

7 과

- **시간**

그저께, 어제, 오늘, 내일, 모레, 지난주, 이번 주, 다음 주, 지난달, 이번 달, 다음 달, 작년, 올해, 내년

- **기간**

분, 시간, 일, 하루, 이틀, 주일, 달, 연(년), 전, 후

- **새 단어**

부모님, 그래서, 힘들다, 사귀다, 아주, 괜찮다, 그때

8 과

- **음식**

비빔밥, 김치찌개, 된장찌개, 순두부찌개, 갈비탕, 삼계탕, 불고기, 삼겹살, 냉면, 국수, 밥, 김치, 김밥, 라면, 떡볶이, 만두, 치킨, 돈가스, 피자, 햄버거

- **맛**

짜다, 달다, 시다, 쓰다, 맵다, 싱겁다

- **새 단어**

레몬, 계속, 기다리다, 처음

9 과

- **쉬는 날**

주말, 휴일, 연휴, 휴가, 방학

- **휴일 활동**

집에서 쉬다, 청소하다, 빨래하다, 게임을 하다, 산책하다, 쇼핑하다, 구경하다, 사진을 찍다, 영화를 보다, 춤을 배우다, 요리를 배우다, 콘서트에 가다, 놀이공원에 가다, 박물관에 가다, 고향에 가다, 여행을 가다

- **새 단어**

그렇지만, 생일 축하해요, 선물

10 과

- **계절**

봄, 여름, 가을, 겨울

- **날씨**

따뜻하다, 덥다, 시원하다, 춥다, 맑다, 흐리다, 비가 오다, 눈이 오다, 바람이 불다, 날씨가 좋다, 날씨가 나쁘다

- **계절의 특징 · 활동**

꽃이 피다, 꽃구경을 하다, 바닷가에 가다, 수영하다, 단풍이 들다, 단풍 구경을 하다, 스키를 타다, 눈사람을 만들다

- **새 단어**

숙제하다, 잠, 너무, 잘하다, 피곤하다

어휘 찾아보기 (가나다순)

문법 찾아보기

1과

| 저는 [명사]이에요/예요 | |

- 자신이 어떤 사람인지 말할 때 사용한다.
  介紹自己是什麼樣的人時使用。

명사	받침 ○	이에요	김지석이에요
	받침 ×	예요	이수지예요

가 어느 나라 사람이에요?
나 인도 사람이에요.

2과

| 을/를 | |

- 문장의 목적어임을 나타낸다.
  表現句子中的目的語。

명사	받침 ○	을	휴대폰을
	받침 ×	를	커피를

가 무엇을 봐요?
나 티브이를 봐요.

| -아요/어요/여요 | |

- '-아요/어요/여요'는 문장을 끝맺는 기능을 한다.
  「-아요/어요/여요」發揮終結句子的作用。

동사 형용사	ㅏ, ㅗ ○	-아요	오다 → 와요
	ㅏ, ㅗ ×	-어요	쉬다 → 쉬어요
	하다	-여요	일하다 → 일해요

- 일상적이고 비격식적인 상황에서 사용한다.
  用於日常非正式的場合。

가 오늘 무엇을 해요?
나 카밀라 씨를 만나요.

3과

| 이/가 | |

- 문장의 주어임을 나타낸다.
  表現句子的主語。

명사	받침 ○	이	지갑이
	받침 ×	가	시계가

가 웨이 씨가 멋있어요?
나 네, 멋있어요.

| 한국어의 문장 구조 | |

- 한국어는 명사 뒤에 붙는 '이/가', '을/를'과 같은 조사와 동사, 형용사 뒤에 붙는 '-아요/어요/여요'와 같은 어미가 문장을 형성하는 기능을 한다.
  在韓語中，會在名詞後加上「이/가」或「을/를」等助詞，在動詞或形容詞後加上「아요/어요/여요」等語尾發揮形成句子的機能。

● 한국어의 문장은 주어가 문장의 앞에, 서술어가 문장의 끝에 오는 주어–목적어–서술어의 순서로 구성된다.
韓語的句子是主語在句首，敘述語在句尾，按照主語─目的語─敘述語的順序而構成。

① **명사+이/가**   **형용사**
    주어   서술어

가방이 작아요.
친구가 많아요.

② **명사+이/가**   **(자)동사**
    주어   서술어

다니엘 씨가 자요.
선생님이 쉬어요.

③ **명사+이/가**   **명사+을/를**   **(타)동사**
    주어   목적어   서술어

다니엘 씨가 친구를 만나요.
선생님이 책을 읽어요.

가 화장실이 어때요?
나 화장실이 좋아요.

가 나쓰미 씨가 무엇을 사요?
나 우산을 사요.

● '이/가'는 주격을 나타내는 조사이고, '을/를'은 목적격을 나타내는 조사이다.
「이/가」是表現主格的助詞，「을/를」是表現目的格的助詞。

한국어의 주격 조사   ▼ 🔍

● 한국어의 주어 자리에는 '이/가' 또는 '은/는'이 온다.
韓語中主語的後方通常會接「이/가」或「은/는」。

● **이/가**

① '이/가'는 일반적인 평서문에서 사용한다.
「이/가」用於一般的陳述句。

커피가 맛있어요.
카밀라 씨가 물을 마셔요.

② '이/가'는 '어디', '무엇', '언제' 등의 의문사가 초점일 때 사용한다.
「이/가」用於「哪裡」、「什麼」、「何時」等疑問詞是焦點的時候。

가 어디가 하준 씨 집이에요?
나 저기가 하준 씨 집이에요.

가 누가 지아 씨예요?
나 제가 지아예요.

● **은/는**

① '은/는'은 상대방에 대해 물을 때나 자신에 대해 이야기할 때 사용한다.
「은/는」在詢問對方或談論自己時使用。

지아 웨이 씨는 오늘 무엇을 해요?
웨이 저는 오늘 친구를 만나요.

② '은/는'은 서술어가 '명사+이다'인 문장에서 사용한다.
「은/는」用於敘述語是「名詞+이다」的句子中。

선생님은 한국 사람이에요.

③ 이야기의 주제나 화제가 되는 대상은 '은/는'을 사용한다.
談論的主題或成為話題的對象時使用「은/는」。

지아 지금 한국에 살아요? 한국 생활은 어때요?
웨이 한국 생활은 조금 힘들어요. 그렇지만 재미있어요.

④ 주어를 처음 이야기할 때는 '이/가'를 사용하지만 다시 이야기할 때는 '은/는'을 사용한다
第一次談論主語時雖然會使用「이/가」，但再次談論時應使用「은/는」。

다니엘 씨가 와요. 다니엘 씨는 독일 사람이에요.

⑤ 앞의 내용과 뒤의 내용이 대비될 때는 '은/는'을 사용한다.
當前面和後面的內容形成對比時應使用「은/는」。

김치찌개는 매워요. 된장찌개는 안 매워요.

＊ ③∼⑤의 '은/는'의 쓰임은 한국어 초급 후반 이후에 확인할 수 있다.
③∼⑤中「은/는」的用法，可在韓語初級後期之後確認。

에 가다

- 장소를 나타내는 명사에 붙어 목적지로의 이동을 나타낸다.
  加在表示場所的名詞之後，表現往目的地移動。

명사	받침 ○	에 가다	편의점에 가요
	받침 ×		회사에 가요

- '가다'의 자리에는 '오다', '다니다'도 사용할 수 있다.
  「가다」也可替換成「오다」、「다니다」來使用。

- 일상 대화에서는 '에'가 생략되기도 한다.
  在日常對話中，「에」也常被省略來使用。

  가 어디 가요?
  나 학교에 가요.

에서

- 장소를 나타내는 명사에 붙어 어떤 행위가 일어나는 곳임을 나타낸다.
  加在表示場所的名詞之後，表現某種行為發生的場所。

명사	받침 ○	에서	영화관에서
	받침 ×		가게에서

  가 어디에서 운동을 해요?
  나 공원에서 운동을 해요.

지시 표현[이, 그, 저]

- '이 책, 그 사람, 저 식당'과 같이 '이, 그, 저 + 명사'의 형태로 쓰여 사물이나 사람, 장소를 지시한다.
  「이 책, 그 사람, 저 식당」（這本書、那個人、那家餐廳）等是以「『이, 그, 저』（這、那、那）＋名詞」的形式呈現，指示事物，人或場所。

- '이'는 화자에게 가까운 경우, '그'는 청자에게 가까운 경우, '저'는 화자와 청자에게서 모두 먼 경우에 사용한다.
  「이」（這）用於距離話者較近的情況，「그」（那）用於距離聽者較近的情況，「저」（那）用於距離話者與聽者都較遠的情況。

  가 그 과자 어때요?
  나 이 과자 정말 맛있어요.

- 물건은 '이것', '그것', '저것'으로, 장소는 '이곳', '그곳', '저곳', 또는 '여기', '거기', '저기'로 이야기한다.
  物品可以用「이것」、「그것」、「저것」，場所可以用「이곳」、「그곳」、「저곳」或「여기」、「거기」、「저기」來表達。

- 앞에서 이야기한 것을 다시 이야기할 때는 '그것', '그곳', '거기', '그 사람'으로 말한다.
  再次提起前面提到過的事物時使用「그것」（那個東西）、「그곳」（那個地方）、「거기」（那裡）、「그 사람」（那個人）來表達。

  가 오늘 무엇을 해요?
  나 시장에 가요.
  가 거기에서 무엇을 사요?
  나 옷을 사요.

이/가 있다/없다

- 어떤 사물이나 사람, 일의 유무를 나타낸다.
  表現某種事物或人、事情的有無。

명사	이/가 있다/없다

  가 휴지가 있어요?
  나 아니요, 없어요.

에

- 시간을 나타내는 명사에 붙어 어떤 동작이나 행위, 상태가 일어나는 시간을 나타낸다.
  加在表示時間的名詞之後，表現某種動作、行為或狀態發生的時間。

- 시간이나 때를 물을 때는 '언제'를 사용한다.
  在詢問時間或時候時，使用「언제」（什麼時候）。

- 두 개 이상의 시간 명사를 쓸 때는 큰 단위를 먼저 쓰며, '에'는 마지막 명사 뒤에만 붙는다.
  當出現兩個以上的時間名詞時，先使用大的單位，「에」只加在最後一個名詞之後。

- '언제, 지금, 어제, 오늘, 내일, 모레' 등에는 '에'를 붙이지 않는다.
  「언제」（什麼時候）、「지금」（現在）、「오늘」（今天）、「내일」（明天）、「모레」（後天）、「어제」（昨天）等之後不加上「에」。

  가 언제 친구가 와요?
  나 오늘 저녁에 와요.

  그 사람은 1995년 12월 30일 오전 7시에 태어났어요.

안

- 동사나 형용사 앞에 쓰여 부정이나 반대의 뜻을 나타낸다.
  用於動詞或形容詞之前，表現否定或相反的意思。

안	동사
	형용사

- '명사+하다'의 동사는 '명사+안+하다'의 형태로 쓴다.
  「名詞+하다」動詞的否定形式是「名詞+안+하다」。

- 있다→없다, 알다→모르다, 좋아하다→안 좋아하다

  가 보통 아침을 먹어요?
  나 아니요, 안 먹어요.

-았어요/었어요/였어요

- 어떤 사건이나 행위가 이야기하는 시점에서 이미 일어났음을 나타낸다.
  表現某種事或某種行為在說話的當下已經發生。

동사 형용사	ㅏ, ㅗ ○	-았어요	좋다 → 좋았어요
	ㅏ, ㅗ ×	-었어요	맛없다 → 맛없었어요
	하다	-였어요	운동하다 → 운동했어요

명사	받침 ○	이었어요	회사원이었어요
	받침 ×	였어요	의사였어요

  가 어제 뭐 했어요?
  나 집에서 쉬었어요.

  가 고향에서 회사에 다녔어요?
  나 아니요, 학생이었어요.

-고

- 둘 이상의 대등한 내용을 나열함을 나타낸다.
  表現羅列兩種以上對等的內容。

동사 형용사	받침 ○	-고	듣다 → 듣고
	받침 ×		바쁘다 → 바쁘고

  가 사무실은 어때요?
  나 크고 좋아요.

  가 어제 뭐 했어요?
  나 오전에 운동하고 오후에 친구를 만났어요.

문법 찾아보기

8과

- (으)ㄹ래요

- 자신의 의향을 말하거나 상대방의 의향을 물을 때 사용한다.
  在表現自身意向或詢問對方意向時使用。

동사	받침 ○	-을래요	먹다 → 먹을래요
	받침 × ㄹ받침	-ㄹ래요	자다 → 잘래요 놀다 → 놀래요

- 비격식적인 구어에서 많이 사용한다.
  常用於非正式的口語中。

  가 주스 마실래요?
  나 아니요, 안 마실래요.

- (으)세요

- 상대방에게 그 행동을 하도록 명령할 때 사용한다.
  請（命令）對方做出該行動時使用。

동사	받침 ○	-으세요	씻다 → 씻으세요
	받침 × ㄹ받침	-세요	말하다 → 말하세요 살다 → 사세요

- 먹다, 마시다 → 드세요, 자다 → 주무세요

  가 여기에 쓰세요.
  나 네, 알겠어요.

  가 맛있게 드세요.
  나 고마워요.

9과

- (으)ㄹ 것이다

- 앞으로의 할 일이나 계획을 나타낸다.
  表現未來要做的事情或計畫。

동사	받침 ○	-을 것이다	먹다 → 먹을 것이다
	받침 × ㄹ받침	-ㄹ 것이다	보다 → 볼 것이다 만들다 → 만들 것이다

- 일상 대화에서는 '-(으)ㄹ 거예요'나 '-(으)ㄹ 것이에요'로 말한다.
  在日常對話中用「-(으)ㄹ 거예요」或「-(으)ㄹ 것이에요」來表達。

  가 내일 뭐 할 거예요?
  나 쇼핑할 거예요.

-고 싶다

- 희망이나 바람을 나타낸다.
  表現希望或願望。

동사	받침 ○	-고 싶다	읽다 → 읽고 싶다
	받침 ×		사귀다 → 사귀고 싶다

- 나, 너가 아닌 다른 사람의 희망이나 바람을 나타낼 때는 '-고 싶어 하다'를 사용한다.
  在表現除你我之外其他人的希望或盼望時，使用「-고 싶어 하다」。

  가 뭐 먹고 싶어요?
  나 삼겹살 먹고 싶어요.

  가 주말에 뭐 할 거예요?
  나 두엔 씨가 놀이공원에 가고 싶어 해요. 그래서 같이 갈 거예요.

못

- 동사 앞에 쓰여 어떤 행동을 할 능력이 없거나 할 상황이 안 됨을 나타낸다.
  用於動詞之前，表現不具備做某種行動的能力或狀況。

  _____
  | 못 | 동사 |
  _____

- '명사+하다'의 동사는 '명사+못+하다'의 형태로 쓴다.
  「名詞+하다」此動詞以「名詞+못+하다」的形態來使用。

  가 수영해요?

  나 아니요, 수영 못 해요.

-아서/어서/여서

- 뒤의 내용에 대한 이유를 나타낸다.
  表現對於後文的理由。

동사	ㅏ, ㅗ ○	-아서	많다 → 많아서
형용사	ㅏ, ㅗ ×	-어서	피다 → 피어서
	하다	-여서	시원하다 → 시원해서

- 과거의 이유를 말할 때도 '-아서/어서/여서'를 사용한다.
  說明過去的理由時也使用「-아서/어서/여서」。

  가 왜 학교에 안 왔어요?

  나 아파서 못 왔어요.

  늦어서 미안해요.

國家圖書館出版品預行編目資料

新高麗大學韓國語1 / 高麗大學韓國語中心編著；
朴炳善、陳慶智翻譯、中文審訂
-- 初版 -- 臺北市：瑞蘭國際, 2022.07
236面；21.5×27.5公分 --（外語學習系列；106）
譯自：고려대 한국어
ISBN：978-986-5560-73-7（平裝）
1.CST：韓語 2.CST：讀本

803.28   111005951

外語學習系列 106

新高麗大學韓國語 ❶

編著｜高麗大學韓國語中心
翻譯、中文審訂｜朴炳善、陳慶智
責任編輯｜潘治婷、王愿琦
校對｜朴炳善、陳慶智、潘治婷

內文排版｜陳如琪

瑞蘭國際出版
董事長｜張暖彗 · 社長兼總編輯｜王愿琦
編輯部
副總編輯｜葉仲芸 · 主編｜潘治婷
設計部主任｜陳如琪
業務部
經理｜楊米琪 · 主任｜林湲洵 · 組長｜張毓庭

出版社｜瑞蘭國際有限公司 · 地址｜台北市大安區安和路一段 104 號 7 樓之一
電話｜(02)2700-4625 · 傳真｜(02)2700-4622 · 訂購專線｜(02)2700-4625
劃撥帳號｜19914152 瑞蘭國際有限公司
瑞蘭國際網路書城｜www.genki-japan.com.tw

法律顧問｜海灣國際法律事務所　呂錦峯律師

總經銷｜聯合發行股份有限公司 · 電話｜(02)2917-8022、2917-8042
傳真｜(02)2915-6275、2915-7212 · 印刷｜科億印刷股份有限公司
出版日期｜2022 年 07 月初版 1 刷 · 定價｜650 元 · ISBN｜978-986-5560-73-7
　　　　　2024 年 07 月初版 3 刷

 本書採用環保大豆油墨印製